come together

come together

無用的日子

役にたたない日々

佐野洋子 著

王蘊潔 譯

無用的日子　役にたたない日々

目次

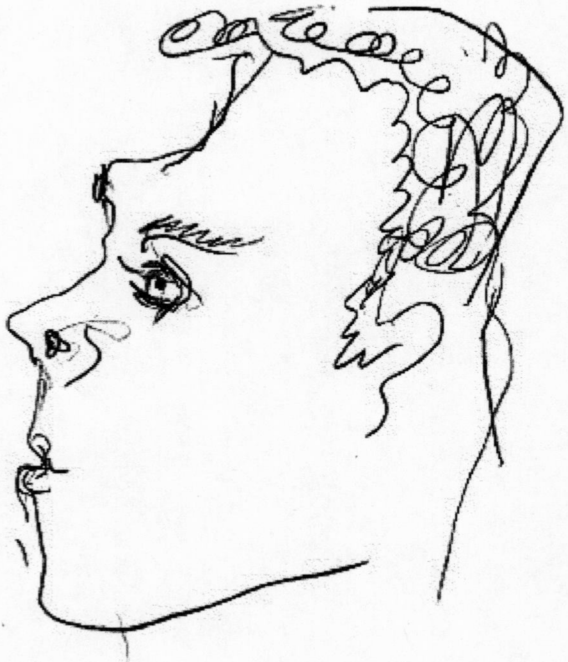

二〇〇三年　秋天　1

×月×日

六點半就醒了。聽說有人只要一醒來，就會立刻翻身下床。簡直難以置信，這麼急著起來幹什麼？我在枕邊摸索，找到了《來自越南的另一個末代皇帝》[1]，帶著昏昏沉沉的腦袋看了起來。我對越南一無所知，只看過以越南戰爭為主題的美國電影訊息，或是從電視新聞中得知片斷的消息而已。話說回來，白人太可惡了，有史以來最可惡。

1　ベトナムから来たもう一人のラストエンペラー，森達也著。

你們是什麼東西啊？因為腦袋還昏昏沉沉，所以怒氣也只有四分之一，結果不小心又睡著了。再度醒來，已經快八點了。我躺在床上看談話性節目，捧腹大笑。山寨版的有栖川某某辦了一場假婚禮，石田純一不疑有他地跑去參加了，還包了五萬圓的紅包。我立刻喜歡上石田，他讓我有一種幸福的感覺。我激勵自己，要趁著有幸福感覺時起床。

家裡沒麵包了，我去咖啡店吃早餐。咖啡店只要走路兩分鐘就到了。都市生活太方便，只要有錢，隨時可以吃早餐。這家咖啡店是自助式，我拿著托盤，走到店內深處。那裡有一張小桌還空著。牆邊總共有六張桌子，我打量著這幾位各自點了一支菸、靠在牆上的客人。全都是女人，而且都是老婦人，其中四個人大口大口地吞雲吐霧。

這些人都很晚才出門吃早餐。

這些人都是單獨來用餐。以前，我在巴黎近郊的餐廳，看到一位老太太，每晚都在同一個座位獨自吃晚餐，內心湧起一股酸楚。那位老太太看起來將近九十歲，向前低著頭，用盡渾身的力量切肉，然後費力地把肉吞進肚子。她頭戴一頂綠色帽子，渾身散發出不悅的氣氛。我每次看到她都緊張不已，很擔心她的腦袋往前一倒，就一命嗚呼了。

當我回過神時，驚訝地發現老太太盤子裡的餐點已經吃得精光，盤子乾淨得好像用舌頭舔過一樣。她拄著拐杖，搖搖晃晃地消失在店外的背影，有一種好強的孤獨，讓人產生一種錯覺，好像她正走向那個世界的途中。話說回來，歐洲人不愧是肉食人種。當時，日本還見不到那種人。

但是，今天早餐遇見的這些老婦人，已經慢慢接近巴黎的那位老太太。

我仔細打量每一個人，發現她們都很乾淨俐落，衣著也很整齊。一位七十好幾的老婦人穿了一件長裙，披了一塊紫色大披肩，一頭白色鬈髮很漂亮。她從容地走出咖啡店，我猜想她丈夫八成是市中心大公司的上班族。我又轉頭看向旁邊的老婦人，她的一頭短髮染成栗子色，黑色長褲配短夾克，正讀著文庫本。她應該曾經是職場上的女強人，如今享受著退休後的生活。

再旁邊的人整個人的氛圍有點像英國的家庭教師。她身穿灰色窄裙，白色襯衫和毛線背心。白襯衫的小圓領上鑲著精巧的蕾絲，領口別了一個浮雕的胸針。現在已經不流行浮雕胸針了，她的打扮有一種復古味。不過，我的衣著在別人眼中也很古怪，牛仔褲搭配了一件印度刺繡上衣，腳上趿著在西友超市買的五百圓拖鞋。以前路上找不到像我這種老女人，我相信自己全身都散發出獨居老人的氣場。明天相同的時間來這裡，搞不好可以再看到這幾張老面孔。這裡的每個人都不和別人聊天，我沒來由地湧起渾身的力量。我們生活在史無前例的長壽社會，沒有生存方式的範本可供參考，必須在黑暗中摸索，首先要開發吃早餐的方法，然後各自做出選擇。

走出咖啡店時，我已經忘了剛才吃了什麼口味的三明治。不知道是因為太專心觀察「老太婆同好」了，還是太健忘了。

信步走在教堂路上。

聽說這裡以前是熱鬧的商店街，如今充滿懷舊的味道，而這種怯生生的感覺正是一種「美」。

教堂路的盡頭有一家雞肉店，只賣活宰雞。

對了，這裡一定有賣現殺的雞骨，用雞骨熬成湯後冷凍備用吧。「我要買雞骨。」「雞骨？沒有囉。」「這裡不是有嗎？」「全都給人訂走了。」「啊？」「餐廳把所有雞骨都訂走了，現在很少有活宰雞，全都是冷凍的，所以餐廳都向我們預訂。」老闆的方臉散發出黑暗的熱情，說著說著，口沫橫飛地炫耀起來。

「不信妳到處去找找看，全都是冷凍的。不管是西友還是紀伊國屋都一樣。」

聽他這麼說，好像真是這樣。「那可不可以賣一副給我？」「今天不行啦，妳要用雞骨煮什麼？」「熬湯。」雞骨除了熬湯以外，還能煮什麼？

「沒有了。」聽到沒有了，反而更想要了。我打量著櫥窗裡的雞肉，雞肝看起來緊實富有光澤。「那我要五百圓雞肝。」老闆把雞肝裝進塑膠袋時問：「買這麼多雞肝煮什麼？」「我要做雞肝醬。」「喔，那妳回去做看看，和別家的雞肝完全不一樣。妳用冷凍的雞肝試試，口感軟趴趴的……」老闆黑暗的熱情變得積極，完全投入了他所愛的雞肉中。

他找錢給我時說：「星期三上午，嗯，差不多十一點半左右來，我可以給妳一、兩副雞骨。記住喔，是星期三，星期三。」「星期三上午，對嗎？」回家的路上，我不停地唸著「星期三，上午，星期三上午」，這種感覺愈來愈像小時候幫大人跑腿。我退化到四、五歲的智能了嗎？如果真的是四、五歲的智能，腦細胞會逐漸增加，但我的腦細胞卻不斷在衰退死亡。這一陣子已經習慣這種事，也不會為此感到沮喪了。

況且，如果要我從四、五歲開始再重活一次，恐怕會把我嚇死。饒了我吧。

不是我在炫耀，不，其實我就是在炫耀，我做的雞肝醬堪稱絕品，外面賣的雞肝醬根本沒辦法和我的相比。好吃的祕訣就在於加了少許白蘭地。我不喝酒，千萬不要送我葡萄酒，即使送我，也都是別人在喝。不過呢，如果送我拿破崙干邑白蘭地，我就會喜上眉梢。雖然還沒試過，但我很想在雞肝醬裡加拿破崙干邑白蘭地。很久很久以前，我在煮菜時用了越乃寒梅的高級清酒，愛喝酒的丈夫大發雷霆。即使過了十幾年，每次想起這件事，他都會怒不可遏。我猜他到現在還在生氣。我根本不覺得自己做錯了什麼，只覺得他是酒鬼貪喝而已。

雞肝醬的甜味來自炒得很透的洋蔥。我知道只要把洋蔥炒透，味道就會愈來愈甜。曾有一次，我想做洋蔥湯，於是先在大鍋裡炒了四個小時的洋蔥。在大鍋裡放滿白色洋蔥，炒上四個小時，就會變成拳頭大的金黃色透明洋蔥泥，稍微嘗一口，甜得令人難以置信，根本就是甜點嘛。我就這樣站著，一口氣全都吃完了。總共用了七、八顆洋蔥熬的洋蔥泥就這樣沒了。事後想起自己在五分鐘內吃了七、八顆洋蔥，覺得很可笑。我把原本要用來煮湯的食材吃光了。

今天做的雞肝醬因為表面煎得太焦了，所以顏色有點黑，但照樣美味可口。

我送了一半給未末子，未末子把相當於一塊小蛋糕大的雞肝醬一口吃了下去，說：「真好吃。」我忍不住「啊、啊」地叫了起來，提醒她：「要搭配麵包或蘇打餅乾吃，不然對身體不好。」雞肝醬裡加了不少奶油。未末子正在挑戰各種減肥方法，這樣豈不是把她害慘了。

每次做雞肝醬時，都會情不自禁地想起由由子。由由子是我朋友的女朋友，我那個朋友和由由子分手了。那個朋友和我關係很好，在他們分手之前，我曾經好幾次和他們一起出國旅行。由由子是廚藝高手，吃東西的樣子會讓人也跟著流口水。雞肝醬就是她教我的。當時，他們吵得不可開交，我周圍好像發生了大地震。在大地震中，我意識到這下完了，他們兩個人沒有未來。由由子是我朋友的女朋友，如果他們沒有未來，我和由由子的關係也就斷了。恕我說明一下，我和我朋友之間沒有任何曖昧關係。我告訴自己，必須趕快採取行動。我不顧由由子正承受著七級地震程度的重創，打電話給她，「可不可以請妳教我怎麼做雞肝醬？」

由由子聽了說不出話來，事後聽說她當時勃然大怒，覺得「佐野竟然是這種人，居然在這種時候打電話要我教她做雞肝醬」，而且，她對我朋友說：「和你分手唯一的好處，就是我再也不必和佐野那種人打交道了！」我在她眼中就是那種人。

事隔十五年，我持續做著雞肝醬。

把新鮮甜菜根整個放進水裡煮熟後，趁熱加入奶油食用的方法也是從由由子那裡學來的。煮甜菜根的水呈現鮮豔的深紅色，令人感動不已。

還有一件事說出來之後，恐怕會更惹得由由子生氣。其實我還想請教她排骨蘸蔓越莓醬的作法。我就是這種女人。但那已經是十五年前的事了，不知道我這個老太婆的胃還能不能消化排骨。

由由子做的菜豪放而富有活力，看她下廚後，我瞭解到一件事：做菜也有豪放和小家子氣之分。有些人雖然用磅秤正確地搭配食材和調味料的份量，做出來的菜卻令人難以恭維。

也有些人做的菜看起來令人食指大動，口感卻很單薄。至於我自己做的菜屬於哪一種類型，老實說，有時候做得很好吃，有時候難以下嚥，連自己都忍不住吐出來。可見做菜這件事，說不定完全反映了我不安定的人格。在惹惱由由子之後，我就沒再和她見過面。我知道這麼說很不近人情，但我內心很慶幸即使在她震怒的情況下，還是厚著臉皮問到了雞肝醬的作法。

每次做雞肝醬，我必定會想起由由子。

冰箱裡有很多用剩的蔬菜。說是剩菜，其實還有一整顆高麗菜。我從小就不喜歡吃高麗菜，尤其討厭加在味噌湯裡的高麗菜，整鍋味噌湯喝起來都甜甜的。但高麗菜向來都很便宜，高麗菜味噌湯、炒高麗菜是餐桌上常見的菜色（有時候晚餐的菜色是茄子味噌湯配味噌炒茄子）。吃可樂餅和炸豬排時搭配的高麗菜絲，咬在嘴裡時總是刺刺的，我從來不覺得把炸豬排的醬汁淋在高麗菜絲上有什麼好吃，但又覺得不吃高麗菜可能對身體不好，所以還是常常買回家。早餐有時候會用醃牛肉炒高麗菜來吃，但其實醃牛肉炒馬鈴薯更好吃。我也會把高麗菜和培根、蕈菇類或是加碎肉一起煮湯，但其實加白菜比加高麗菜好吃多了。話雖如此，高麗菜還是我的冰箱裡的常客。我切下四分之一顆高麗菜，用蔬菜刨絲刀刨成絲，不小心把指甲和手指上的皮都削了下來，血滲了出來。痛死我了。仔細一看，血滴了下來。啊喲喲！我趕緊貼了ＯＫ繃。被削下的指甲和皮膚都埋進了高麗菜絲裡。一不做，二不休，我又拿出紅色甜椒刨絲，接著又刨了黃色甜椒，混在一起，顏色真是漂亮。然後，乾脆把只剩下一根的小黃瓜也刨成薄片，還有兩顆青椒。我每次看到那些在早餐時就裝模作樣地在餐盤裡裝了紅甜椒和黃甜椒的人就很火大，覺得他們太矯情，很想嗆他們：「你們喜歡這些新食物嗎？戰爭剛結束時，你們也都吃著高麗菜味噌湯對吧，別忘了過去的苦日子！」尤其看到有人在小番茄旁用洋香菜點綴時，就覺得「我才不會被這種廉價的點綴欺騙呢！」就是這種人，才會去買LV或是CÉLINE的包包吧。我知道自己罵到把不相干的事也扯了進來。罵別人的時候義憤填膺，如今看到自己的成果，卻忍不住驚叫：「哇，好美喔，簡直就像飯店的早餐。」雖然我向來覺得飯店的早餐很無趣。

冰箱裡有包了保鮮膜的半顆洋蔥，也順便一起刨成薄片。這時候，缽碗中已經堆滿了蔬菜。翻了冰箱，竟然還有半條苦瓜，當然也難逃被刨的命運。刨好之後，把所有食材混合，用雙手攪拌了好幾次，讓食材看起來更蓬鬆。繼續在冰箱裡翻找，這次找到半根芹菜，當然也沒放過它，一起削成薄片了。接下來怎麼辦？我磨了大蒜泥，放進原本裝醋的空瓶子裡做了沙拉醬。先把混合好的食材放進大碗，淋上沙拉醬後嘗了嘗。原本擔心苦瓜太苦，沒想到太讚了。嘴裡有點苦苦的。只要一想到苦味，嘴裡就大量分泌唾液，苦味不知道可以刺激嘴裡的哪個部分，促進了唾液分泌，增進了食慾。高麗菜根本淡而無味。我把剩下的蔬菜絲裝在大保鮮盒裡，又放進了冰箱。順便把剩下的半顆蘋果也切成小塊放進去了。

晚上看了〈X計畫〉，邊看邊哭。原來有這麼多人在自己崗位上發光發熱。今天介紹的是萬國博覽會時，警衛如何竭盡全力做好警備工作。不過，聽到那個叫某某智朗的旁白介紹「當時，××說，好，那就摺下去幹吧！○○默默地點了點頭」時，即使介紹的人是烤地瓜的大叔，搞不好也可以賺到我的眼淚。既然這個節目是為了賺人熱淚，當然是哭一哭比較划算。

哭了一下，發現肚子餓了，於是把保鮮盒裡的混合蔬菜裝進大碗，淋上沙拉醬吃了起來。今天應該攝取足量的蔬菜了，但恐怕要吃五餐、花一天半的時間才能把這些蔬菜全都吃完。

我在櫃子裡找了半天，找不到另一隻皮手套。只有一隻手套這件事最讓人不痛快，甚至沒辦法因為不痛快這件事而矯情一下。向田邦子因為一隻手套寫了一個很性感的故事。但找不到手套這件事和性不性感毫無關係，沒有就是沒有。「沒有」這件事最大。我突然想到可能放在去年穿過的大衣裡，立刻檢查了所有大衣的口袋，找到一條用過的手帕，和兩張摺成四折的一千圓紙鈔。即使意外得到了兩千圓，我一點都高興不起來。

這時，我又想起一個星期前買的黑灰色條紋圍巾也不見了。我搞不懂自己在找手套，為什麼會想到圍巾的事。我猜想自己的一頭短髮已經全都豎了起來。愈是找不到手套，雙手愈是回想起戴上手套時舒服的感覺，忍不住一次又一次回想，不一會兒，脖子也回想起圍巾暖洋洋的感覺，尤其是下巴的地方，裹著圍巾時特別舒服。我嘎答嘎答地拉開所有抽屜，發現抽屜裡亂成一團，忍不住沮喪起來。雖然氣得怒髮衝冠，心情卻很沮喪，簡直就像遭逢了天災。這就叫做「天有不測風雲」吧。我癱坐在地上很久，但一直癱坐著也解決不了問題，乾脆躺到沙發上。

這時，眼前浮現威尼斯的街道。

想起威尼斯的街道，電影〈戰國妖姬〉（Senso）中，為愛瘋狂的阿莉達・瓦莉（Alida Valli）在夜晚的威尼斯街頭狂奔的影像便帶著震撼浮現在腦海中。阿莉達・瓦莉在同樣的威尼斯黑暗的小巷中打轉。我又想起迪克・鮑嘉（Dirk Bogarde）在〈魂斷威尼斯〉（Morte a Venezia）中，在白天的燦爛陽光下，坐在麗都島（Lido Island）海邊的椅子上，黑水從他的髮梢滴落時，他額頭的特寫畫面。

然後，我在威尼斯買手套的那家手套店瞬間在腦海中閃現，隨即又消失了。那已經是十五年前的往事，我仍然記得手套店的小姐狗眼看人低的態度，她看不起我這個日本人。無論買便宜貨還是高級品，她都是那付瞧不起人的態度。我咬牙買了最貴的手套，然後逃也似地離開了那家店。

同行的友人期待在威尼斯可以遇到〈豔陽天〉（Summertime）裡的羅薩諾・布拉里（Rossano Brazzi），整天在街上東張西望，我好幾次忍不住對她大叫：「妳在日本都找不到男人，怎麼可能遇到羅薩諾・布拉里？」那個女人真是聒噪又煩人。

我很愛惜那副手套，但每次戴在手上，都會想起那個女店員的嘴臉。既然遺失了一隻手套，心想從此可以擺脫女店員的嘴臉了，沒想到因為不甘心遺失手套這件事，女店員的嘴臉繼續霸占我的腦海。

明天馬上去買手套。健忘真花錢。

桌上有半顆乾掉的橘子，籃子裡有四顆乾掉的橘子。我把所有橘子都對半切開，用榨汁機榨成果汁。並不是每個人家裡都有這種橘子榨汁機。

一位身障朋友向我推薦這款好用的榨汁機，只能用於柑橘類。只要單手就可以榨橘子汁，對身障者來說很方便，一般人應該也會覺得好用。我把那位朋友送我的榨汁機留在辦公室，搬來東京時，另一個朋友問我想要什麼搬家禮物，我說想要這款橘子榨汁機，因為我覺得自己再買一台太浪費了。不久之後，快遞送來了榨汁機，我開心地拆下包裝，想把它放在廚房的景觀窗上，但走到流理台前，不禁愣住了。景觀窗上已經有一台全新的、一模一樣的榨汁機了。我自己買了，竟然忘得一乾二淨。至少這兩個月來，我每天都看到好幾次，卻完全沒有意識到。我感到不寒而慄。

我也曾經在冰箱裡發現兩個洗乾淨的咖啡杯。過了幾天，又在冰箱裡看到了洗好的研磨缽和研磨棒。當時，我驚訝地意識到「我已經健忘到這種地步了」。但這次的情況顯然更嚴重。

我站在窗前哭了起來。這一天終於來了。我覺得很對不起朋友，但這時，我想到一個狡猾的主意。我要趁自己還在哭的時候打電話給朋友。我哭哭啼啼地撥了電話。「我跟妳說啊，嗚嗚。」「妳、妳怎麼了？」「妳聽我說，嗚嗚，我真的、已經癡呆了，嗚嗚，妳送我的那個榨汁機，嗚嗚，其實我自己已經買了一台，嗚嗚。」「啊？」「我每天都看到，卻完全沒有意識到。啊嗚嗚。」「……這種事很常發生啊，別擔心。我家裡的菜刀不見了，到現在也還沒找到。妳什麼時候買的？」「不記得了。」「妳上次不是買了廚房烤箱和鍋子之類的一大堆東西嗎？」「對啊。」「誰會記得到底買了哪些東西嘛。」「……」「別擔心啦。」「對不起。」「沒關係啦，我還以為出了什麼大事呢。」她真是好人。我喝著榨汁機榨的新鮮橘子汁，看著〈新聞站〉的新聞報導。久米宏每天穿的衣服都很有品味，而且，他很清楚自己很帥，穿衣服很有型，也絲毫不掩飾自己知道這些優點。我明明不想睡，但還是躺了下來。

繼續看早上還沒看完的書吧。

不知道今天早上在咖啡店遇到的幾個老婦人晚餐吃了什麼。

二〇〇三年　秋天　2

×月　×日

七點半就醒了。心情很惡劣，我預感今天一整天都不會有什麼好事發生。雖然渾身上下沒有任何疼痛，也沒有發燒，只是心情惡劣到極點。我想不通為什麼有人早上醒來，就會樂不可支地跳下床。想到這裡，我猛然跳下床，衝下樓梯。幸虧我身上穿的這套一千九百八十圓的鮮紅色睡衣有點像運動衣。倒垃圾、倒垃圾！今天是丟不可燃垃圾的日子，八點準時會來收。家裡不可燃垃圾的量多得難以置信，但每週只來收一次。不管買豆腐、魚肉，還是番茄，統統都會有塑膠垃圾，還有肉的托盤、豆腐的容器、鋁箔紙、藥袋、菸盒的塑膠紙和銀紙、塑膠繩、裝雞蛋的塑膠盒，即使買一把紫蘇葉，也會裝在塑膠盤子裡。

昨晚已經分類整理好，放進了垃圾桶。我拎起垃圾，站在門前的馬路邊。呼，幸好趕上了。我左顧右盼，沒有見到鄰居的身影。如果有人看到，就會識破我身上這套睡衣雖然看起來像運動衣，但畢竟還是睡衣。丟完垃圾後，疲累和惡劣心情再度湧現。我拉著欄杆，費力地走回家，然後又回到了床上。因為沒什麼事可想，乾脆思考垃圾的事。不可燃垃圾大部分都是食物的包裝，結果垃圾比食物的份量還多。

愈是積極在家自己下廚，家裡的垃圾就愈多。買熟食回家，也會增加很多不可燃垃圾。上次都都子來我家喝酒喝醉了，她一喝醉，就像跳針一樣重複相同的話。她的重點是，絕對不要把會變成垃圾的塑膠袋帶回家。「出門買菜時要自備購物袋！我隨時都帶著購物袋，但我老公去買菜時從來不帶，不管我說多少次，他從來都不聽。百貨公司的地下街尤其可怕，每一家店舖都會把顧客買的東西裝進塑膠袋裡，有些店員甚至會把菜包了兩層、三層。只要他一出門，就會帶四、五個塑膠袋回家。男人為什麼都討厭帶購物袋呢？所有垃圾中，塑膠袋占了最大宗！」她猛喝啤酒，拚命跑廁所，上完廁所出來，一坐下來，又重複和剛才相同的話。「真搞不懂男人為什麼都討厭帶購物袋出門。妳知道嗎？……」她說了一遍又一遍，然後又去廁所。這次出來，走到客廳門口就開始說：「所有垃圾中，塑膠袋占了最大宗……」我仔細聽了一下，發現她的用字、說話的順序和語氣都完全相同，真的好像跳針一樣。我似乎看到了喝醉酒的人腦袋裡在想什麼，好有趣。都都子不喝酒的時候很正直，喝醉酒後更正直了。可能她覺得自己不喝酒時的正直還不夠，所以喝酒壯膽後，更充分發揮出骨子裡的正直。

雖然老是「話說當年」沒什麼意思，但以前無論是買油還是買醋，都會帶自家的瓶子去裝。

雜貨店的老闆或老闆娘拿著一支小銅杓，高高地把油拉成一條線灌進瓶子裡，簡直就像在變魔術，每次都看得目瞪口呆。

在他們手上，那些油或醋就像是可以伸縮自如的動物。

那時候，幾乎每戶人家都會把包裝紙摺成四折疊在一起，用紙繩子圈綁起來，變成一顆愈來愈大的球形。

這才是日本平民百姓的生活，如今這種生活到底去了哪裡？

我帶著惡劣的心情慢吞吞地躺回床上，電話響了。

「妳在幹什麼？」「沒幹什麼。我跟你說啊，我真的得了老年癡呆症。昨天收到信用卡的帳單，發現我在電器行花了十二萬，但我完全想不起來到底買了什麼。是不是買了很多零零碎碎的小東西？是不是很糟糕？」我終於想起昨晚就一直悶悶不樂的原因，告訴了朋友。

「我跟妳說啊，妳買了冰箱啦！」朋友不加思索地回答。我頓時恍然大悟。

「倒是我，那天我看了存摺，發現自己領了六十五萬，我完全不記得什麼時候花過這麼大一筆錢！」這次換我立刻回答：「你拿去付不動產取得稅了。」「啊，對喔。」為什麼我們會記住別人花的錢？我心情大好，通體舒暢，趕緊起床。

起床後，泡了茶，看電視。肚子一點都不餓。電視上正在播料理節目，主持人是一個高大的外國美女。她做菜很粗獷，在廚房內走來走去，大動作地做著沙拉。她把綠色蔬菜的葉子放在水下沖洗，然後用力甩乾葉子上的水，濺得整個廚房都是水。接著，她拿了一個大碗，對著鏡頭說話，完全不看自己的手，把葉子隨意撕開。其他食材也都隨意切成大塊後，接二連三地丟進碗裡。做沙拉醬時，用壓蒜器用力壓碎大蒜，隨意倒了醋和油，最後削了很多起司粉放進沙拉醬裡。她用雙手撈起蔬菜葉攪拌混合，一口氣把沙拉醬淋了上去，隨意攪拌了幾下，雙手扠在腰上，露齒而笑說：「做好了，很好吃喔。」她的成果看起來真的很美味可口。原來做菜也要有氣勢。嗯，我喜歡，以後做菜也要更粗獷。她做的菜感覺很有活力，吃起來應該有開朗的味道。明天也要記得收看。凡事都要放輕鬆點，日本人太認真了。

我想起一件事。以前曾經在電視上的料理節目看到一道令人作嘔的菜。因為料理節目太多了，我忘了是哪一個節目。

那天節目上做的是秋刀魚柳橙汁炊飯。

煮飯的時候不加水，而是用長方形紙盒裡的柳橙汁代替水加進白米裡，然後把一整尾秋刀魚放進電子鍋內跟飯一起煮。煮出一鍋橘色的飯後，再把蒸熟的秋刀魚魚肉剝下混入飯中。我無法想像那是什麼味道。

好噁心、好噁心。看電視的時候，我就忍不住這麼想，卻想實際吃吃看，親自感受一下味道到底有多噁心。

於是，我去買了秋刀魚和紙盒裝的柳橙汁做了這道飯，竟然出乎意料的好吃，口感很有東南亞的味道。

嗯，真的好吃。酸酸甜甜的米飯和秋刀魚實在太搭了，如果再加點香菜，就十全十美了。於是，我第二次又買了香菜，做給朋友吃，大家個個讚不絕口。我猜想全日本應該只有我看了這麼噁心的料理，還親自動手做來吃。

但是，我無意每年都做。

我家的傳統秋刀魚飯，是父親老家的作法。

把新鮮的秋刀魚用大蒜葉包起來後，煮飯的時候放在飯上一起蒸。米飯加了醬油，變成紅棕色。煮好的時候，夾起秋刀魚的頭，就可以輕輕鬆鬆把魚骨和魚腸去除。頭尾之間的魚骨纖細而富有美感。小時候，每次看到母親用筷子把頭尾夾起時，都忍不住倒吸一口氣。然後，再用筷子把魚腸周圍的魚刺剔除。大蒜葉中間有一條筋，好像水仙的葉子在中間摺了一下的感覺。但長大之後，再也沒有看過大蒜葉了。

把蒸軟的大蒜葉和秋刀魚肉混合後，立刻散發出一種有點像大蒜，但又不至於太濃烈的大蒜葉香味。

那時候，我們在自家庭院種了大蒜。

來東京後，我改放薑或牛蒡，但那些都只是山寨版的秋刀魚飯。

有吃剩的烤香魚時，我就會煮一鍋飯，然後滴入幾滴檸檬汁。頓時口水直流。

因為肚子不餓，就用冷凍的香蕉和牛奶打了一杯香蕉牛奶喝了下去。拆開包冷凍香蕉的保鮮膜時，忍不住想到「又增加垃圾了」，心裡覺得很對不起都都子。

我身上沒錢了，必須跑一趟銀行，拖拖拉拉了半天，總算換好了衣服。

然後，又磨磨蹭蹭地走去青梅大道。

來到銀行，發現提款機前大排長龍。我雖然不趕時間，還是等得心浮氣躁。一個比我稍微年長的老太太在提款機前手忙腳亂，按了按鍵後，盯著螢幕看了半天，又東張西望，想找銀行人員幫忙。然後又按了幾下按鍵，也不知道她到底按得對不對。我覺得好像看到了自己的身影。

上次我在提款機前轉帳時動作太慢，排在後方的年輕男人嘖了一下轉身離開，走去另一台提款機前。

唉，不知道還有多少年，能夠自己在提款機前領錢。

雖然現在動作慢吞吞，但至少還能自己領錢，必須心存感激。把紙鈔放進皮夾，看著交易明細表。為了看清楚交易明細表，還得拿出老花眼鏡。

唉，花錢如流水啊，得好好工作才行。

走在教堂路上，不由地想，路上每個人都理所當然地領錢放進皮夾，用各自的方式「找錢」過日子。不是靠其他工作賺錢的人養，就是自己工作賺錢，很少有人可以靠繼承父母的遺產過一輩子。大家都很努力過日子。

教堂路很窄，如果我死在路上，別人必須跨過我的身體才能走過去。

我腦袋空空地走在街上，發現了傳聞中那對老太婆。

其中一人撐著蕾絲傘，傘的邊緣有好幾層荷葉邊。

另一個人身上的衣服好像〈草原上的小木屋〉（Little house on the Prairie）中蘿拉穿的圍裙洋裝。

她們兩個人並肩走在我前面。喔喔，真是吉星高照，鴻運當頭啊。我超越了她們，假裝不經意地回頭一看，發現她們幾乎九十度直角轉彎，走進了「滿留賀」蕎麥麵店。一看時間，剛好十二點整。機不可失。話說回來，我又不是偵探，根本沒必要跟蹤她們，但還是毫不猶豫地跟著走進「滿留賀」。我第一次來「滿留賀」，發現店裡很小，只有兩張桌子，全都坐滿了，只剩那兩個老太婆的正對面還有空位。今天真是走了狗屎運啊。我假惺惺地問：「不好意思，可以和妳們併桌嗎？」

兩個粉紅屋[2]老太婆同時無言地用力點頭。我坐在她們的正前方耶，寶貝！

兩個人同時把頭偏向相同的角度，同時對店裡的店員合唱：「蕎麥涼麵。」

她們的生活一絲不苟，每天十二點準時來這裡，固定點蕎麥涼麵嗎？

我慌忙點了炸蔬菜蓋飯。五百圓。很便宜吧？

終於有機會好好觀察她們，我不由地興奮雀躍。仔細觀察後，發現老太婆那件裙子胸前有一塊布，上面印滿了小花。白色襯衫上打了很多皺褶，領子周圍也鑲了蕾絲。

她一頭波浪鬈髮真的像極了〈草原上的小木屋〉中蘿拉的母親。

另一個人剪著妹妹頭，圍裙洋裝的肩上鑲著荷葉邊。真的就像蘿拉，簡直就是蘿拉變成了日本人，上了年紀，成了一頭花白頭髮的七十二、三歲老太婆，一起坐在我對面。

兩個人幾乎沒有開口，好像不開口反而可以證明她們的深厚感情。她們靜靜地在轉眼之間就把麵吃完了。她們是雙胞胎，即使不是天生的雙胞胎，也變成了雙胞胎。

兩個老太婆靜靜地在轉眼之間就走出了麵店，我很想跟出去，但炸蔬菜蓋飯剛送上來，剛炸好的天婦羅蘸了濃濃的醬汁，令人食指大動。

我很喜歡這種像是鄉下地方的粗獷口味。原來兩位蘿拉吃蕎麥涼麵。不用說，她們都是日本人。

事後我深深覺得，當認為不可能存在的人突然出現在面前時，人類的想像力只能在現實面前自嘆不如。

我走出蕎麥麵店，仍然不由地感到佩服，心想如果明天十二點再來，搞不好還會見到那兩個大草原的老太婆。這時，一個年紀和我不相上下，但身材很壯碩的

2 PINK HOUSE，日本服飾品牌，設計走少女甜美風格。

老太婆騎著腳踏車，從小路的正中央迎面衝了過來。因為路很窄，所以我也走在正中央。這條路根本不能騎腳踏車。我閃向左側，老太婆也往左一偏；我急忙閃到右側，老太婆也往右偏，最後我又閃到左側，老太婆往右一偏，突然大聲咆哮：「妳在發什麼呆啊！多危險啊，真是的。走在路上別發呆，莫名其妙！呿！」她罵得很大聲，我被她的氣勢嚇到了，忍不住說了聲：「對不起。」老太婆騎著腳踏車憤然快速離去。我被她弄得火冒三丈。

傍晚時，去了超市的魚攤位。三尾新鮮油亮的秋刀魚只要兩百圓，但我只有一個人，三尾太多了。問題是三尾只要兩百圓。這個世界上，沒有比秋刀魚閃著銀光的肚子更美的東西了。「我要買秋刀魚。」我買了秋刀魚。看到還有切片的鯛魚，想買回家煮鯛魚飯。「再給我一片鯛魚。」一片要五百圓。真貴啊。我買了一片。

好了，秋刀魚要怎麼煮？我把所有的秋刀魚切段，將昆布鋪在鍋底，把秋刀魚放在上面，剝了一整顆大蒜放進去，再加入同量的醬油和酒，用小火燉煮。完全無法想像會做出怎樣的成品。一個小時後，打開鍋蓋，一鍋口感濃稠的棕色秋刀魚大功告成。

用電子鍋煮鯛魚飯，至少要兩杯米，所以，我在一人份的砂鍋裡放了一杯米，調味後，把那片鯛魚放在最上面，點火之後，二十分鐘就完成了。拌了一下，發現煮出了適度的鍋巴。小時候，母親在大鍋裡煮完飯，裝到飯桶後，經常用鍋巴做成飯糰。有時候鍋巴太焦了，手拿飯糰時，兩隻手都變得黑漆漆的。有時候鍋巴太硬，差點沒把牙齒給咬斷，吃完時，下巴忍不住直打哆嗦。

白天已經吃了蔬菜天婦羅，晚上又做了地瓜和茄子的天婦羅。冰箱裡只有地瓜和茄子，把皺巴巴的鴨兒芹汆燙了一下，又把剩下的麴漬蘿蔔也放上托盤。要在哪裡吃呢？家裡明明有一張漂亮的餐桌，我卻獨自在電視前，盤腿坐在沙發上吃晚餐。我決定了，以後做各式炊飯都要用一人份的砂鍋。

電視就是我的家人。八成是這樣。

連續轉了好幾台，都是搞笑節目。日本都被吉本興業占領了。他們占領的深度、廣度遠遠超越當年的麥克・阿瑟。話說回來，他們為什麼隨時都可以這樣嗨來嗨去、情緒激動地搞笑？真想走到他們面前說：「各位，請鎮定、鎮定一下，稍微安靜一下。還有，你們到底是何方神聖啊？」還要對他們說：「你們老是聊自己圈內人才聽得懂的話，不要以為全日本都是你們圈子裡的人。不，你們已經這麼認為了！真不知道日本會變成什麼樣子。」我再度轉台，看到衛星電視的美國新聞報導，再度驚訝不已。

那個不知道是主播還是播報員的大嬸臉上的妝讓我嚇到了。眼睛周圍全都塗黑了，感覺黑眼珠子懸在眼白中間。人類的眼白有這麼大面積嗎？我打算吃完飯後，自己也用色鉛筆把眼睛周圍塗黑看看。這個大嬸的妝還真濃啊。

代代子打電話給我，我把雙胞胎（？）粉紅屋老太婆的事告訴了她。代代子說：「我朋友就住在妳家附近，聽說有一個穿荷葉邊衣服的老太太很有名，該不會就是那個人？不過，大家都叫她『梅麗太太』，人很胖，經常穿著粉紅色或紅色、像是兒童服裝的衣服，臉頰還塗了一坨圓圓的紅色，整天騎著腳踏車在外面繞來繞去。妳說的不是這個人吧？」嗯？梅麗太太？原來還有這種人，真想見識一下。「梅麗太太」這個名字還真好聽。

上床準備睡覺時，突然很生氣。因為我想起在教堂路上遇到的那個騎腳踏車的老太婆。那條路那麼窄，根本是騎腳踏車的人有錯。妳撞到我，應該向我道歉才對。到底誰在發呆啊。我那時候為什麼沒有罵回去？居然還對她說「對不起」。啊，我應該反過來罵她，就說這句話，不，那樣說比較好，不，應該氣勢洶洶地罵她一句。我就帶著這份懊惱入睡了。

×月×日

未未子約我一起去「湯多漂」。「湯多漂」是車站前的溫泉屋，那條街上還有電玩中心、小酒館和藥妝店。

整棟「湯多漂」都是泡湯屋，裡面還有電影院和餐廳，整棟大樓看起來有點舊。一進去就要換上已經洗得很舊的短上衣和短褲，女用的是粉紅色，男用的是綠色，光著腳走來走去。看到有「韓式搓澡」，我很想去試試。都都子以前曾經試過一次，據說搓出來的汙垢差不多有一顆網球那麼大，搓完之後，皮膚都變白了。整個樓層有很多不同的湯屋，韓式搓澡的房間位在角落，裡面有兩張床。有兩個穿著短褲和背心的女人在裡面。「先排隊喔。哪一個先來？來這裡之前，先去泡個澡，把皮膚泡軟了再過來。先去泡十分鐘吧。」我決定先搓澡。去泡了十分鐘的澡後，一絲不掛地趴在包了塑膠布的床上。

穿著背心的大嬸跨在我身上，用手套形狀的刷子在我身上來回猛搓。不一會兒，身上的汙垢就開始掉落，看了心情大好。我舒服地躺在那裡，大嬸用力地搓遍我的全身。我的腦海中浮現出「有人坐轎，有人抬轎……」這句話，突然覺得似乎很對不起這位大嬸。是不是因為我天生就是窮人的關係？大嬸身上的汗也滴滴答答流個不停。

雖然搓出來的汙垢不停地掉落在身旁，但都都子之前說她搓出來的汙垢差不多有網球那麼大，是不是太誇張了？「好了，現在平躺。對，臉朝上。」我只好光著身體仰躺。因為無所事事，轉頭看向隔壁那張床。雖然看不到隔壁床上客人的臉，但看到一個皮膚白淨、身材豐腴的女人身體光溜溜地仰躺在那裡。女人的身體曲線真是賞心悅目，難怪有史以來的畫家都深受吸引，不厭其煩地持續挑戰。豐腴的女人有點像雷諾瓦畫中的女人，裸體的正中央有一叢毛髮。那宛如微微隆起的小山部位——男人們稱之為「維納斯之丘」——長著毛髮，讓我不由地聯想到北輕井澤冬季的山丘。樹葉落盡的黑色樹木生長在雪白的山稜線上，宛如大象背上的毛。夏天的時候，枝葉茂盛，遮蔽了山稜線。雪白的山稜線上是一片蔚藍的天空。看著身旁女人白色小山上冬天的樹木，忍不住想去看北輕井澤的雪山了。之後，又再次翻身油壓。啊，通體舒暢，這才是享受啊。

結束後，我又去了艾草三溫暖，看到一個年輕女人。年輕女人的裸體真是美得無懈可擊。我在蒸騰的熱氣中，欣賞著年輕女人的胴體，看到她股間山丘上的樹林，不禁大驚失色。年輕女人的小山是盛夏，稚嫩的枝葉茂盛，看不到山稜線，完全被一片黑色覆蓋了。

我和未未子一起在食堂吃飯，我點了什錦炒烏龍，未未子喝了啤酒，吃了透抽生魚片和薯條。我們相約改天再來。

什錦炒烏龍超級難吃。

臨睡之前整理了不可燃垃圾。人類真的很會製造垃圾，聽說宇宙有超過五千個無法回收的人造衛星變成了垃圾，這該怎麼辦啊？玻璃工藝師瑪麗說：「人類不能太富有生產力，因為都在製造垃圾。」她製作了很多精美絕倫的玻璃作品，但她謙稱：「我在製造不可燃垃圾。」有自覺的藝術家果然了不起。

二〇〇三年 秋天

2

二〇〇三年　冬天

×月×日

今天是都都子約我一起做年菜的日子。

都都子身材高大，整個人散發出活力。上次她陪我去探視失智的母親，母親問我：「這位是妳老公嗎？」都都子的母親也開始有失智的症狀，所以她順便去參觀一下養老院。有一次，我和都都子一起搭車，被我兒子的朋友看到，他後來對我兒子說：「妳老媽交男朋友了。」

我一直深信，都都子如果扮起寶塚的男角兒，一定是個大明星。

都都子腰腿都很輕盈，絕對會在約定的時間準時現身。

我想起我們約定要做金團[3]和昆布捲，立刻跳下床。跳下床後，馬上多吞了一顆普強（solanax）。我就像是靠藥物維持動力的人偶。

都都子十點準時現身，帶來了她住在名古屋的婆婆每逢過年都會寄給她的鱈魚乾，還有裝在保鮮盒裡的煮小芋頭、紅燒鰹魚。

她的婆婆已經九十四歲了。

「九十四歲喔，很厲害吧。」「九十四歲啦，太厲害了。」我們相互討論著。

我的母親不到八十，已經完全失智，我不願去想母親和都都子的婆婆同樣走過的二十年，但還是稍微想了一下。

我已經忘了母親最後一次做年菜是什麼時候了。

地瓜到底要蒸要煮，我家和都都子的作法不同。最後決定用煮的。

去年做金團時引起了一場大騷動。

去年，我在北輕井澤和笹子他們一起做年菜。

我覺得市面上賣的那種油油亮亮的金黃色金團看起來很俗氣，所以就沿用母親老家的傳統方法，改用煮地瓜的方式來煮。我把梔子和地瓜同煮後，正在搗泥，笸子在一旁不停地搖頭，發出「嗯，嗯」的聲音。我不理會她，她沒完沒了地搖頭，繼續「嗯」個不停。

「顏色要更黃一點才對。」當我回過神時，發現她拍打著從地瓜中挑出來的梔子，搗爛後擠出色素。

我在一旁看著，她把梔子汁倒入金團內攪拌起來。

我繼續在一旁看著，發現金團已經不是黃色，而是變成了褐色。

我還是沒有吭氣，她心滿意足地說：「嗯，這樣才對。」雖然我嘴上說了聲「是喔」，心裡卻覺得「太過火了」。

這種事無足輕重，只是對笸子來說就不是無足輕重的事了，所以我就遠離了廚

3　用地瓜做的甜食，金黃色象徵一年財運豐收。

房。我這個人，對太多事都覺得無所謂了，而笹子對太多事都太認真了。江山易改，本性難移。十多年前，她曾經指導我保鮮膜的大小和裁切方法，以及保鮮膜盒的蓋子要怎麼蓋。這種事根本無所謂啊！我當時似乎對她說：「我沒辦法和妳一起生活。」笹子聽了很受傷，至今仍然不時提起這件事。前不久，她又指導我要怎麼擦屁股。她告訴我，使用免治馬桶時，在自動噴水之前，要先用衛生紙擦一下。

「為什麼？免治馬桶的作用，不就是不需要擦屁股嗎？」「不，如果不先用衛生紙擦一下，糞便會濺到噴嘴上，清理時很費事。」「妳每次都這麼做嗎？」「當然啊，不信妳試試，清潔程度完全不一樣。」

新年過了差不多半年之後，笹子對我說：「我上次梔子加得似乎有點過頭了。」她這個人很會自我反省，也容易陷入自我厭惡。去年我離開廚房後，在廚房裡的三個女人在做菜時各持己見，好像放煙火般熱鬧不已。唯一的年輕人代代子和我則一起看著〈紅白歌唱大賽〉。

這時，笹子又向我們發出了指令。

「佐野和代代子負責裝盤！」

「好。」

我和代代子是同一所美術大學的畢業生，只是年紀相差了足足有三十歲。「妳們兩個是美術學校畢業的，要擺得好看一點。」雖然笹子這麼說，但美術學校可沒教我們怎麼把年菜裝盤。

外面下著大雪。

我打算在漆器便當盒中用鋁箔紙隔開不同的菜餚，笹子說：「嗯，還是用一葉蘭比較好。啊，荒井先生務農，他們家可能有。」我打電話給荒井先生，荒井先生說：「沒有，這裡的竹子也長不高，一葉蘭也長不好。」於是，我轉告笹子：「荒井先生說，這裡的一葉蘭長不好。」然後打算摺鋁箔紙，代代子卻想起了不該想起的事。

「阿姨，白天的時候，我看到佐藤家的麻里在剪一葉蘭喔。」白天的時候，我和代代子兩個人把別人送的魚板和昨天做的昆布捲、年糕一起送去佐藤家，他們送了我們很多橘子。佐藤家在山下，離這裡足足有十八公里的路程。

「什麼？要去嗎？」「沒關係啦，用鋁箔紙將就一下。」「路途太危險了。」當時有很多人，大家都說用鋁箔紙代替就好，但笹子仍然堅持：「還是得用一葉蘭。」

我帶著代代子開車上了路。

外面下著大雪，〈紅白歌唱大賽〉正進入高潮，小林幸子快出場了。代代子負責開車。「好可怕喔。」一群老太婆中唯一的年輕女子代代子嚇壞了。並不是因為大雪而嚇壞，而是被笹子的堅持嚇到了。那個除夕因為下著大雪，山路上一輛車也沒有。

「好可怕喔。」沿途四十分鐘，代代子不停地重複這句話。大雪飄來，雪花好像從擋風玻璃中心炸開一樣。「笹子阿姨是不是覺得我年紀輕輕，卻不幫忙張羅，所以才這麼兇？」「妳不必放在心上，人無完人嘛。這雪下得還真大啊。」

十點二十分，我們才終於到佐藤家。敲了敲他家的窗戶，他正在看電視。麻里衝出來開門：「發生什麼事了？」我們大步走進屋內。「發生什麼事了？」佐藤也嚇了一跳。「給我一葉蘭。」佐藤聽了，頓時笑倒在地，那樣子很像主持〈新婚夫妻〉的桂三枝。

「白天時把一葉蘭用光了。」佐藤說。「什麼！什麼？什麼！」「一葉蘭在這裡都長不好。雖然從東京移植過來，但愈長愈小，好像只剩下三片很小的葉子。」佐藤衝進大雪中，我們也跟了出去。種一葉蘭的地方用紙箱圍了起來，真的只剩下三片很小的葉子。「剪下來之後，就變光禿禿了。」「那也沒辦法啊。」佐藤笑著，把僅有的三片葉子都剪了下來。

「喝杯茶再走吧。我還以為出了什麼事呢。」麻里準備去泡茶，但代代子一直在旁催促：「阿姨，我們趕快回家吧。好可怕喔，快回家吧。」於是我們又花了四十分鐘，在紛飛的大雪中開車回去。唉，東京家裡種了很多一葉蘭，多到快發臭了。我愈想愈火大，但用一葉蘭區隔食材果然讓漆器便當盒裡的年菜看起來更可口。

「嗯，果然得用一葉蘭才行。」笹子拍著我的肩膀，心滿意足地說。「一葉蘭果然比鋁箔紙出色多了。」我也跟著說，但那天晚上錯過了小林幸子和美川憲一的表演。

隨著時間的流逝，一葉蘭事件漸漸成為難以忘懷的風景和回憶。

如果那天用鋁箔紙湊合，代代子和我就不可能在除夕的大雪紛飛中，好像被派出去偵查敵情的士兵般，冒著生命危險，完成尋找一葉蘭的任務。佐藤也不可能像桂三枝一樣，笑得從椅子上滾下來。

我這輩子恐怕只要看到一葉蘭，就會想到那天雪中的山路。

說起來，孩提時代，我只對其中一年的除夕印象特別深刻。

那是晚餐時間。除夕的餐桌上放了一些燉菜之類的菜餚，中間放了一個大竹盤，裝了很多蕎麥麵。因為我家有四個小孩。母親在廚房張羅，父親顯得煩躁。除夕這一天，大人都很心浮氣躁，小孩隨時提心吊膽。父親毫無預警地突然伸手翻掉矮桌，矮桌上的食物頓時四散。我無法想起父親翻桌的瞬間，當我回過神時，已經低頭在榻榻米上撿燉菜裡的胡蘿蔔和沙丁魚乾，但我不記得最後如何收場，也不記得那年除夕夜晚餐的情景。

只記得隔了一會兒，父親臉上露出一絲冷笑。

父親平時向來鬱鬱寡歡，但並不是會動粗的人。父親的笑臉，再沒有比那張冷笑要來得在我腦海中留下深刻的印象。因為當年家裡沒電視，一家人圍在一起吃飯時，沒有電視可以解悶。父親向來禁止我們幾個孩子在吃飯時閒聊，都由他一個人訓話，我們則是在凝重的氣氛中默默吃飯。那個除夕的晚餐八成是最悲慘的一餐。

那時候家境清寒，一家人住在大雜院裡，把矮桌搬到一旁，四張半榻榻米的房間就是我和弟弟睡覺的地方。

元旦的早晨醒來時，一張開眼睛，天花板立刻映入眼簾。

天花板上黏了兩、三根蕎麥麵，垂了下來。小孩子都很識趣，雖然我沒有笑出聲音，但很想捧腹大笑。

之後，每年除夕，我就會想起天花板上的蕎麥麵，忍不住想笑出來，有時候真的捧腹大笑起來。

於是，年幼的我發現，在最悲慘的事中，必有滑稽之處。

話說回來，那兩、三根蕎麥麵到底是怎麼黏到天花板上的？

我在搗泥時，都都子突然問我：「我問妳喔，以前過年的時候，不是都會在枕頭旁邊放新的內衣褲嗎？」「是啊，是啊，還會把最好的衣服摺好，放在枕頭旁邊。」「總覺得有一種迎接新年的感覺，對吧。」「難道是因為一年只買這麼一次內衣褲嗎？」

於是，我們聊到以前的家庭主婦都很了不起。

過年的時候很有過年的氣氛，連空氣都是新年的空氣。

從什麼時候開始，元旦變成了平淡的日子了？

我做的昆布捲很受好評。有一次，有人送我一大塊連皮的鮪魚。切下做生魚片的部分後，還剩下一些血合和零碎的鮪魚肉。於是，我就包進昆布捲裡，沒想到風味絕佳。隔年，我特地去買了一塊中鮪魚腹肉包在昆布捲裡，但是，特地去買鮪魚腹肉太奢侈了，之後我改買比較便宜的冷凍鮪魚肉。今天和都都子買了半條鰤魚，挑戰把鰤魚包在昆布捲裡。至於好不好吃，就沒辦法掛保證了。我拿出葫蘆乾，沒想到不是葫蘆乾，而是蘿蔔乾。

別把蘿蔔乾做得像葫蘆乾一樣，也不要拿出來魚目混珠！我急忙出門去買葫蘆乾。我們用葫蘆乾紮緊滑膩膩的昆布時，都都子說：

「妳小時候有沒有吃過橘子和寒天做的果凍？」

「吃過啊。那個並不好吃，但看起來好漂亮喔。」「我每次吃都覺得很開心。」一問之下，才發現我們說的是完全不同的東西。

都都子家的是把橘子挖空，把果汁和寒天水混合後，倒進橘子皮中，埋進雪地裡。隔天早上，口感好像冰沙一樣。因為都都子娘家是在北海道，所以才有辦法做這道點心，聽起來很棒。

我家的是把加了甜味的寒天水倒在鐵盤裡，再把切片的橘子放在上面，結凍後，切成四方形的小塊食用。

我們又忍不住稱讚以前的家庭主婦真了不起。

她們會運用當季的食材做出各種美食。

不管是在北海道還是靜岡，用的食材都一樣。

如果沒有和都都子一起做昆布捲，就不會想起果凍。

都都子和我都是大而化之的人，不像笹子那樣凡事一板一眼。「這樣差不多了吧。」「嗯，差不多了，差不多了。」兩個人下廚時的氣氛很詳和。

做完金團和昆布捲，分裝進保鮮盒後，我嘗了一口金團。「地瓜味會不會太重了？」「沒關係，沒關係。地瓜味的確有點重。」「沒關係，沒關係。但地瓜味真的很重。」「沒關係，沒關係。真的只吃到地瓜味。」如果世界上只有我和都都子兩個人，恐怕永遠不會進步。

都都子帶著在市場買的魚，還有做好的金團和昆布捲，搭中央線回日野去了。

都都子離開後，我驚訝地發現，小時候吃的橘子果凍帶著極度鮮豔的色彩，以不符合實際的鮮明程度，閃現在我腦海中。

比眼前的橘子更鮮明地在腦海中閃現。

這件事太可怕了。這不是恰恰證明我已經是老人了嗎？據說老人會忘記昨天吃了什麼，對幼年時代的記憶卻一清二楚。

在我養兒育女的人生顛峰時期，沒有任何事的記憶比橘子果凍更鮮明。

曾經有一年，我好像中了邪似地做了一件消防車般鮮紅的大衣，我回想那件大衣，記憶中也只有模糊的鮮紅色。吃橘子果凍時，把橘子挖掉後，在果凍上留下了邊緣呈鋸齒狀的凹洞，透明的果凍邊緣閃著光，果凍凝結在琺瑯盤邊緣，角落有一個小氣泡。

好可怕。腦細胞的芯已經露了出來，其他腦細胞恐怕已經開始滅亡了。

日本人在過年的時候不吃年糕不歡。

上次我去相田家，問他過年吃了什麼，他回答說吃了麵包和咖啡，還說他們家幾十年來，過年都不吃年菜。聽到這裡，不由地感到心裡發毛，很擔心日本的未來，甚至覺得他根本不算是日本人。話說回來，為這種事感到心裡發毛的我可能才有問題。

現在的超市在元旦也有營業，其實的確沒必要製作這些不容易變質的年菜，但我每年都堅持做年菜，並沒有特別的理由，只是覺得過年就得做年菜。

第二次世界大戰剛結束時，我們全家在中國大連過了兩年挨餓受凍的日子。整整兩年，沒有吃過一粒白米。當時五百圓買不到一公斤的米，卻有中國人花五百圓買一個日本小孩。

那時候，偶爾才能吃到紅色的高粱粥，也曾經吃過麥麩。之後我才知道，麥麩是麥子的外皮。我家的紙拉門表面有好像麥麩般的褐色斑點，紙門上貼著粗紋的絹布。因為麥麩和紙拉門的發音相同，我還以為有人專門把紙門上那些斑點摳下來賣，而我父母把它買回家煮給我們吃。那時候還吃過麥麩做的丸子，真的很可怕。

把木屑做成丸子狀蒸來吃，搞不好還更好吃。

曾經有一年過年，父母不知道去哪裡弄來了年糕，一家人在元旦時吃了鹹年糕湯。那是用小米做的黃色圓年糕，把鹹湯一倒進去，年糕就融化了，黏在碗底。「怎麼會這樣？」父親問。母親回答：「我就知道。」我用筷子在碗裡攪拌了一下，年糕就融化在湯裡了。

我呼嚕呼嚕地喝著黏稠的液體。

母親說「我就知道」，她到底知道什麼？即使在這麼艱困的時候，日本人也想要吃鹹年糕湯。不是想吃，而是覺得非吃不可。

不知道母親去哪裡用什麼方法弄到了小米做的年糕，為了得到那些年糕，不知道又變賣了什麼？

那時我家有五個小孩，甚至還有嬰兒。

我很受不了。掐指一算，發現我父親在戰爭結束後，還讓我母親懷孕，實在讓人無言以對。

愈飢餓貧窮，人口愈容易增加。

這已經是人類智慧無法解決的問題。

電視上經常看到北韓或是非洲那些皮包骨、肚子卻特別大的小孩。

每次看到這種畫面，我從來不感到納悶。因為這是無可奈何的事。

也許父親是對的。在我們回國那一年，四歲的弟弟夭折，隔年，哥哥也死了。

我猜想他們都是因為營養不良而死。

原本五個孩子變成了三個，但他們恐怕不會因為吃飯的人口減少而鬆一口氣吧。

哥哥死後的隔年夏天，父親又讓母親生了一個孩子。

唉，生命完全超越了人類的智慧。

四歲的弟弟到死之前，從來沒有吃過一口白米飯。

都都子離開後，我打開電視，看到在賣十萬圓的鮪魚，和一萬圓的咖哩。

據說在資生堂的餐廳可以吃到一萬圓的咖哩。

我渾身不舒服。

電視上所有頻道都在播綜藝節目，還有兩個以肥胖為賣點的藝人在搞笑。我渾身不舒服。

曾經聽一位在小學當老師的朋友說過這麼一件事。

這位朋友的同事在社會課時提到，美國人因為肥胖導致壽命縮短，尤其是肥胖兒童，成為很嚴重的問題。但在非洲，因為飢餓，導致當地人的平均壽命很短，該如何解決這個問題？於是，一名學童說，就讓非洲的小孩吃美國的胖小孩。

那位老師聽了一定大驚失色。我也嚇到了，而且一直嚇到現在。真是令人聽了不舒服。這個世界太可怕了。

突然想到，我現在獨居，根本不需要做年菜，只是基於習慣而做。以後不要再做了。

青梅大道籠罩在暮色中，路上沒什麼人。路上沒什麼人這件事好像很有除夕的味道，但又好像缺了什麼。

我買了松樹、水仙和日本人稱為「萬兩金」的觀賞植物硃砂根，那些都是賣剩下的，枝葉很稀疏，價格還特別貴。看著垂頭喪氣的水仙，覺得水仙應該是我最喜歡的花。知道只剩下這麼無精打采的，突然特別想擁有滋潤飽滿的水仙。人總是渴求得不到的東西。我把包著花的紙翻了起來，發出啪答啪答的聲音。

在錄影店出租店前等紅燈時，我決定要租一大堆錄影帶回家，開開心心地過一個除夕。如今的〈紅白歌唱大賽〉都是一些不認識的年輕歌手，唱一些我從來沒聽過的歌。在等紅綠燈的同時，我看著錄影帶店門口，發現有很多年輕人進進出出。

那些年輕人孤獨到除夕夜只能看錄影帶嗎？他們沒有家人嗎？沒有情人嗎？真希望他們可以和情人一起看錄影帶。但是，他們的情人也應該和家人一起吃跨年麵吧。難道除夕和家庭都已經解體了嗎？我看著其他租錄影帶的人胡亂猜測，也忍不住用旁人的眼光審視自己。如果一把年紀的老太婆租了五、六卷錄影帶，在別人眼中一定顯得很淒涼，覺得我很可憐。我可不希望別人用異樣的眼光看我。

為了虛榮，為了面子，我決定不踏進錄影帶店。因為我已經從旁觀者的角度，清楚看到自己在除夕那一天，拎著錄影帶店灰色的塑膠袋，裡面塞滿錄影帶，走過青梅街道的身影。

原來我的虛榮表現在這種地方。是喔。話說回來，如果沒有旁人，也就不存在面子或是虛榮。雖然我曾經下定決心，一輩子都不要在意他人的眼光，但沒想到他人的眼光就深藏在自己心裡。真傷腦筋。我的膽量輸給了他人的眼光，只好獨自低著頭，走在小巷內。

我一直自我期許，即使老了，走路的姿勢也要挺拔。有一天，在路上巧遇熟人，對方竟然說：「妳走路幹嘛一付神氣活現的樣子？」世人的眼光真難應付。

玄關裝飾的廉價門松在寒風中發抖。

今年吃了直久麵店的拉麵作為跨年麵，一邊看著〈紅白歌唱大賽〉。我在拉麵裡加了香菜。真搞不懂自己為什麼這麼愛吃香菜。小型景觀窗上放著小鏡餅[4]和水仙，很可愛嘛。〈紅白歌唱大賽〉都是一些從來沒見過的年輕歌手，所以就拿起抹布打掃了起來。

我一下子看電視，一下子用抹布擦灰塵，很快把家裡打掃乾淨了。如果每天都是除夕，家裡就可以保持清潔了。睡前看了佐野真一的《笨蛋的極致——連當事人都不知道的石原慎太郎》[5]。

4 鏡餅是一種用米飯做的年糕，日本人在新年時會用鏡餅來祭祀神明。

5 てっぺん野郎――本人も知らなかった石原慎太郎，佐野真一。

二〇〇三年　冬天

二〇〇四年　春天

×月×日

一醒來就已經八點半了。躺在床上，用腳拉開窗簾，發現外面陽光燦爛。天氣好的日子，心情會稍微好一些，但也沒有好到想要立刻跳下床。雖然想尿尿，又懶得起床。與其起床上廁所，還不如忍一下，繼續在床上發呆。

繼續拿起昨晚看的那本重得要命的《日本人的老後》[6]。無論看哪一篇，發現書中所介紹的人都很優秀，每個人都說自己**很積極，不會感到消沉**。

6　日本人の老後？六十歳から百歳まで百人が語る，Nagon Group。

這本書採訪了一百個優秀的人，有個住在南方島嶼的老太太每天清晨四點半就起床了；有人為在關東大地震中遭到虐殺的朝鮮人建造了慰靈碑；還有一個八十多歲的老人持續當了三十年的點字翻譯義工。看了這本書，會覺得好像全日本沒有半個不幸、對社會毫無貢獻的老人，也沒有被媳婦欺負而抱怨的老人，更沒有衣著邋遢的老頭；即使是照顧失智妻子的老先生，也從來不說太太的大便很臭。真的太優秀了。雖然天氣很好，但看著看著，心情不由地沮喪起來。為什麼我看到優秀的人會沮喪？我已經厭倦了沮喪，於是起身到廁所解放尿意。一進廁所就一發不可收拾，尿了很久還沒尿完。滴滴答答、滴滴答答尿個不停，以為結束了，肚子稍微用力，又開始滴滴答答。即使只是滴滴答答，能夠順利排尿總算是好事。真想測量一下每次排尿的量到底有多少。

小時候在庭院裡尿尿時，常因為太用力，把地上尿出一個洞來。看到螞蟻爬進去被淹死，有一種說不出的暢快。

所以，我也曾經對著螞蟻窩尿尿。正當我沉浸在這份隱密的快感時，被哥哥發現，叫我「讓開」。我只好把屁股挪到一旁，看著哥哥把雞雞從短褲裡掏出來，從高高的位置對著我找到的螞蟻窩嘩地小便。真令人惋惜，哥哥在十一歲的時候死了，真可憐。如今我已是六十五歲的老太婆，坐在馬桶上想著，真希望找到很多螞蟻窩讓他尿尿。哥哥是因為營養失調而夭折，真可憐。

每次看到北韓或非洲飢餓的孩子，就會想起哥哥。哥哥的眼睛很大，骨碌碌地轉動，牙齒看起來特別白。兩顆眼睛看起來之所以特別大，是因為他太瘦了，整個臉都變小了。哥哥雖然沒有經歷極度飢餓，但他天生就有一雙看似可憐的大眼睛。聽說他還是嬰兒的時候，母親把他放在嬰兒車上帶出門，大家都會說：「這孩子的眼睛真大。」那時候我家的家境優渥，哥哥躺的嬰兒車還是英國進口的高級貨，但他從出生的時候開始，眼睛就特別大，就像非洲的飢餓兒童。每次看到我三歲時和五歲哥哥的合影照片，就覺得他的一雙大眼睛看起來特別聰明。在他十一歲去世之前，我一直覺得他有一雙聰明的眼睛。哥哥，全世界只有我這個六十五歲的妹妹記得你，只有我而已了。如果我死了，世界上就沒有人會想起你了。話說回來，不必看到禿頭又滿臉皺紋的六十七歲哥哥，搞不好是一件好事。

哥哥，雖然你死了，其實活下來也很辛苦。雖然我遭遇好幾次很想一死了之的重大痛苦，但活著的人想要求死並不是一件容易的事。雖然當年你因為感冒而死，如果在現代，絕不會因為這點小病失去生命。每次看到有人為了小孩子的器官移植花上億的錢，換上別人的內臟，就忍不住想起輕易死去的哥哥。小時候常覺得人死的時候就得死，但在當今的年代，要死的時候也死不了，真讓我無話可說了。但放眼全球，還是有很多孩子像哥哥一樣，很輕易地就葬送了生命。

上完廁所後，我決定起床。因為天氣很好，所以洗了衣服。

來到陽台上，發現鄰居家的白梅、紅梅開得好茂盛。鄰居似乎是有錢人家，白梅和紅梅都修剪得很好，讓人不敢開口向他們要一枝放在家裡。

這時，剛好看到鄰居太太走向大門的方向，我向她打招呼：「早安。」她對我說：「啊呀，早安，我現在要去香港。」然後坐進停在門前一輛看起來很昂貴的賓士車，臨走時留下一句：「我不在家，車子可以停在我家的停車場沒關係。」

接著坐上那輛賓士揚長而去。

雖然不覺得肚子餓，但兩、三天前買的肉包子還沒吃完，所以拿去蒸了一下，一邊看電視，一邊吃著肉包子。突然想到光吃肉包子無法攝取維生素，於是，又削了渾身長滿毛、樣子怪噁心的奇異果。每次削奇異果，看到裡面的綠色都會很驚訝。吃了一口，發現很酸，於是把抹茶放進優酪乳裡，然後淋在奇異果上一起吃。用茶筅攪動抹茶後，原本凝固在一起的抹茶粉立刻融化在優酪乳中，變得十分柔順。我突然靈機一動，想到一個好主意。每次把可可粉加進牛奶時，凝固在一起的可可粉很難融化，以後也可以用茶筅攪拌。雖然我並不想喝可可亞，但試了之後，效果果然十分出色，加入砂糖後，口感更加柔順了。我得意忘形，一下子調了很多可可亞，卻已經喝不下了，只好裝進圓形保鮮盒裡，放進冰箱。三野文太曾經在主持節目時提到可可亞有益身體健康，結果造成全日本可可粉缺貨，但大家很快就忘了這件事。只要聽到有益身體健康，就很想吃，突然覺得食物好像可以發揮藥物的作用。

我總覺得對身體有害的食物比較好吃。這樣的我，卻因為覺得維生素不足而吃起奇異果。

之前在柏林寄宿時，安潔莉嘉拿出柳丁時說：「這是維生素C。」我覺得柳丁頓時失去了柳丁的味道，變成了維生素C，吃起來索然無味。

一星期前，我在超市買了最便宜的橘子和最貴的草莓。橘子裝在袋子裡，價格從兩百圓到五百圓不等。草莓最貴的一盒要五百八十圓。

我吃了一口買回來的橘子，因為太難吃了，乾脆丟在一旁不吃了。草莓很好吃，一口氣全吃完了。原來這就是所謂的「一分錢，一分貨」。昨天都都子拿起橘子問：「我可以吃嗎？」我回答：「可以啊，只是很難吃。」她吃了一片：「真的很難吃。」然後用橘子皮包了起來，放了回去。我終於知道「便宜沒好貨」這句話的意思了。

下午，我拿出縫紉機，開始做起別人拜託的眼鏡袋。四點左右，終於做好了兩個，很想立刻野人獻曝，於是決定出發去乃乃子家。

接到工作時，無論是什麼工作，我都覺得很煩，如果可以，甚至不想接任何工作。但不工作就沒錢，就無法生活，所以在截稿期將近，或是截稿期已過的時候，我不斷承受著良心的苛責。只是即使再怎麼閒閒無事，還是不想工作。這段期間，整個胃就好像在身體裡翻筋斗，必須不時服用胃散來安撫不安分的胃。趕快做正事吧。數十年來，我的胃無論假日非假日、節慶日、中元節假期、新年，都照樣折騰不誤，恐怕我這輩子就會在這種狀態下落幕。這個世界上有熱愛工作的人嗎？真想見識一下。「妳一旦開始工作，不是很快就會完成嗎？那就先做再說。」富有常識的人這麼對我說。「我才不要，這麼努力工作，我會變成有錢人。」「妳討厭變成有錢人嗎？」「討厭啊。我希望錢夠花就好。你不覺得有錢人的臉都乾巴巴的嗎？如果變成有錢人，不是會很擔心嗎？」

我有時候也會希望自己更有錢，通常是想要買什麼東西的時候。但現在沒什麼想要的東西，只想擁有更多體力。我在開車時突然靈機一動。對了，不必開源，只要節流就好。昨天，我在電視上看到有人一個月只花一萬圓餐費，充分動腦，運用各種資源，日子過得很開心。他家的冰箱裡真的什麼都沒有。

我把眼鏡袋交給乃乃子和乃乃子的老公，他們樂壞了。那是可以掛在脖子上的小眼鏡袋，搭電車時很方便。我用別人送我的布，裡面塞棉花後，車上縫線，再繡以不同的圖案。乃乃子老公的是黑色棉布繡上土黃色盤踞的蛇，乃乃子的是黑色綢布上繡了一隻鳥。我自己的脖子上也掛了眼鏡袋，逢人便問：「你想要嗎？」「你想要這個眼鏡袋嗎？」四處推銷。

上次我用帆布做了一個手提包，也到處推銷，「不管多大、多小，我都可以做，你想要嗎？」

我真閒啊。既然這麼閒，應該趕快去工作啊。我從小就喜歡做家庭代工，學生時代寄宿在阿姨家時，曾經做過糊紙袋的家庭代工。用木片將裁好的紙摺好，黏上漿糊，就完成一個紙袋。我樂在其中，而且會花心思提升效率，即使大人叫我不要做了，我還是忍不住。我發現竹片比木片更好用，下面墊一塊塑膠板，刷漿糊時可以刷得更均勻。就連勤快的阿姨也常常說做得腰痠背痛，我都會請她「先去睡吧」，然後自己把所有的紙袋都做完才去睡覺。搞不好我就是喜歡這種窮酸的工作。

雖然我不是故意的，但到乃乃子家時，剛好是晚餐時間。乃乃子是重度身障者，所以晚餐由她老公沛沛雄負責。她老公對廚房工具很講究，也很執著，特地去訂製了可以放各種不同刀具的箱子，箱子上有好幾個扁扁的抽屜。如果小偷想要來偷竊，根本不必帶凶器，只要去他家廚房找一把大菜刀，就可以把五臟六腑都挖出來。

他家廚房的瓦斯爐也是專業級的，沛沛雄每天都去築地買菜。

乃乃子坐在那裡剝銀杏。仔細一看，發現有專門剝銀杏用的鉗子。

「讓我也試試。」說完，我叭叭叭地夾著銀杏殼。嗯，真的很好用。

我提議和乃乃子分工合作，「我負責夾殼，妳負責剝出來。」

乃乃子的老公把芝麻拌菠菜放上了桌，拌菠菜的黑芝麻是用研磨缽現磨的芝麻粉。接著，桌上又出現了醋拌蕪菁。小辣椒的紅色很漂亮。

「妳們趕快整理一下桌子。」乃乃子的老公說。但我還想繼續剝銀杏。

乃乃子的老公端來一個大砂鍋，裡面放了白菜、蔥、豆腐和干貝。「下面有鯛魚骨。」吃火鍋，的確要人多才好吃。

「好，所有菜都做好了。」乃乃子的老公最後端出了醋醃牡蠣，裡面加了很多柚子皮。

「今天要喝什麼呢？」乃乃子的老公正想坐下，乃乃子立刻命令：「我的茶呢？」「啊，對喔。」「你整天只想到自己喝酒。」乃乃子的老公嘻嘻嘻地笑著，把她的茶端了上來。真是豐盛的一餐。

乃乃子吃了一口醋醃蕪菁，「好辣，啊喲，辣死了人，你加太多辣椒了。」「不會多啊。」「太多了啦。」「一點也不辣啊。」夫妻都是這樣說話的嗎？目前日本到底有多少家庭可以做出如此出色的家庭料理？百貨公司地下街的熟食專區，為什麼總是擠滿不務正業的中年女人？不光是百貨公司的地下街，西友超市的熟菜區也總是人擠人，到底是怎麼回事啊？如果讓擠在那裡的女人當兵去打仗，一定是頑強而不輕言放棄的優秀士兵。只不過那些不務正業的太太個個都是絕對的和平主義者，這就是所謂的禍不單行，福不雙至。雖然我不知道哪一件事才是福。乃乃子喝著火鍋湯，沒有吭氣。不說話代表滿意嗎？芝麻拌菠菜裡的芝麻很多，菠菜成了配角，變成菠菜拌芝麻了。乃乃子家向來不買現成的熟芝麻或是芝麻粉，都是自己用炒鍋炒熟後磨粉。乃乃子的老公一頭白色長髮，背已經有點駝了，低著頭拚命磨著芝麻粉。白色的鬍子幾乎快碰到研磨缽了。乃乃子吃了芝麻拌菠菜也沒有吭氣，這道菜應該也合格了。

乃乃子吃了醋醃牡蠣後說：「沛沛雄，這道菜好吃。」

我今年第一次吃醋醃牡蠣。

抬頭一看，發現沛沛雄先生下巴的鬍子上沾到了芝麻拌菠菜的芝麻。

雖然很想幫他拿掉，但因為是別人的老公，所以就假裝沒看到。

乃乃子在四十多歲時罹患了罕見疾病，成為重度身障者。和乃乃子見面時，她的盛氣凌人每每讓我目瞪口呆。

「沛沛雄，藥、藥，我的藥袋。」沛沛雄先生起身準備幫她拿藥，乃乃子又對著他的背後叫著：「眼鏡、眼鏡，我的眼鏡。」沛沛雄先生停下了腳步，一直愣在那裡。「你愣在那裡發什麼呆啊，趕快去拿啊。」「因為妳連續說了兩樣東西，我不知道該先拿哪一樣。」「你真不夠機靈。」

有一次，我問她為什麼老是這麼兇，她回答說：「又不是我的錯，我生病又不是我的錯，是疾病的錯啊。」

他們完全不靠兒子和媳婦，並不是兒女不孝順，「他們有他們自己的生活，沛沛雄照顧我是理所當然的。」我從來沒有看過像乃乃子那麼霸氣的身障者。

我問乃乃子，「眼鏡袋上要繡什麼圖案？」她毫不猶豫地回答：「鳥。因為我不能走路，所以想變成鳥。」看到我的眼鏡袋上是高跟鞋的圖案，又說：「我很想穿上紅色高跟鞋跳舞，我要妳那個。」「那和妳的鳥交換嗎？」「不，我兩個都要。」

乃乃子不在的時候，我曾經和其他朋友討論過乃乃子的個性是否一貫如此？

即使生了罕見疾病，在生死之間徘徊，並不是每個人都能夠像她那樣。最後得出結論，也許是原本被年輕和健康埋沒的劣根性，在她生病之後，以雨後春筍般的氣勢生長。俗話說，沒有種子，就不可能發芽。

他們家的兩個兒子在發育期間，乃乃子做的菜很豪放、富有活力，味道也很大氣。我猜想生病讓她心有不甘，但她只對沛沛雄先生頤指氣使，並不會對其他人指手劃腳。沛沛雄先生也是徹頭徹尾的老頑固，態度很謙和，但沒有人能改變他內心的想法。

有一次，沛沛雄先生在築地買了一隻超大的章魚，扭來扭去地張牙舞爪，看起來很噁心。有一個朋友的老家是章魚的產地，看到再大的章魚也不為所動，因為她從小看過太多章魚了。

章魚通小姐面不改色地把大量鹽撒在扭來扭去的章魚身上，去除章魚身上的黏液。沛沛雄先生在章魚通小姐身邊走來走去，喃喃地說著：「那個，那個……」似乎有話要說。章魚通小姐在一個大鍋子裡煮了開水，鎮定自若地說：「等水開了，把章魚丟進去就好。」「那個，那個，要一點茶葉。」「你是說喝茶的茶葉嗎？」「等煮完章魚再喝茶吧。」我插嘴說。「不是，等一下。」沛沛雄先生態度溫和，語氣卻很堅定地說：「茶、茶。」我只好把茶葉罐拿給他，意思叫他自己去泡茶，我想看章魚被燙熟。扭來扭去的章魚讓我想起那些浮世繪中噁心的情色畫，覺得敢吃這種東西的人類太偉大了。章魚通小姐把章魚丟進冒著氣泡沸騰的鍋子裡，我們這幾個在旁邊圍觀的老女人紛紛興奮地驚叫著：「哇！」「啊！」「好厲害！」沛沛雄先生站在我們這些女人堆後方，好像天女散花般，把裝在茶葉罐蓋子裡的茶葉倒進鍋子裡。「你在做什麼？」大家同時回頭看著沛沛雄先生。「不是啦，以前某某店的廚師說，加點茶葉，章魚的顏色會特別漂亮。就是這樣啦。」章魚通小姐滿臉錯愕。事後我問章魚通小姐，加了茶葉後，顏色真的比較漂亮嗎？她回答說：「沒有啊，我第一次聽到這種說法。」

某一年夏天，沛沛雄先生說要「自己做蕎麥麵」，去了務農的荒井先生家借了石磨。我在車上等他。

荒井先生站在那裡教沛沛雄先生石磨的使用方法。沛沛雄先生是完美主義者，所以不停地請教「呃，那我再請問一下」或是「喔，喔」地聽著。我坐在車上聽他說了三次「那我再請問一下」。

五、六個女人在陽台上鋪了塑膠布，咕嚕咕嚕地轉動著石磨，興奮地期待著「中午可以吃蕎麥麵」。轉了四、五次後，發現磨出來的粉愈來愈少了。「啊！」沛沛雄先生叫了一聲，把石磨拆開，用竹刷仔細地清理溝縫。石磨很重，每轉動四、五次，就聽到沛沛雄先生說：「等一下。」然後把石磨拆下來清潔。

我明明聽到荒井太太說：「差不多十五分鐘就搞定了，一眨眼的工夫就好了。」個性謹慎的沛沛雄先生也問清楚了使用方法，但到了中午，只磨了一小碗蕎麥粉，根本沒辦法做蕎麥麵。

大家紛紛說：「以前荒井先生家常送蕎麥麵來，那時候吃得很開心，沒想到這麼費事。」咕嚕咕嚕轉了五個小時石磨，用竹刷清潔，然後又把石磨搬回去，好不容易才磨出一大碗蕎麥粉。無奈之下，只好做了一碗蕎麥麵疙瘩，每個人各嘗了一口。

去荒井先生家還石磨時，忍不住問：「荒井先生，這個石磨的孔堵住了嗎？」荒井先生說：「沒有啊。」我告訴他，我們磨了五個小時，最後只做了一碗蕎麥麵疙瘩，為了清理那個孔，花了不少力氣。聽到這裡，荒井先生放聲大笑起來，「等磨完準備把石磨收起來的時候再清就好了。」荒井太太也笑著說：「那真是辛苦你們了。」據說只要把蕎麥不停地塞進石磨孔，咕嚕咕嚕地轉動石磨就好。沛沛雄先生借石磨時，不停地說「那我再請問一下」，他到底在問什麼啊？是不是問過頭，反而把自己搞糊塗了？

有一次，有人送來一箱小竹筴魚和其他各式各樣的魚。我漸漸習慣了魚料理都交給沛沛雄先生處理，我和乃乃子在一旁聊天，翹著腳等待料理上桌。小竹筴魚泛著銀光，有些地方泛的光變成了粉紅色。雖然大小剛好適合油炸，但兩千圓一箱的小竹筴魚數量太多了。我和乃乃子聊天時，沛沛雄先生靜靜地用昆布包起新鮮的鯛魚生魚片醃漬入味，還做了滷螺肉。但炸竹筴魚應該很花時間，我主動提出：「要不要我在這裡先炸？」沛沛雄先生靜靜地，卻很堅定地說：「不，我來就好。」那時候是七點，等他炸完兩百尾竹筴魚時，已經是半夜十二點了。如果是我，吃多少炸多少，其他的會留到第二天再炸。而且，沛沛雄先生在做菜時，流理台隨時都整理得一乾二淨。

沛沛雄先生最厲害的地方，就是從來不喊累，而且做事不厭其煩，凡事都堅持原則。

雖然他太太整天對他頤指氣使，但沛沛雄先生仍然處驚不變，很快成為我們這票女人心目中的偶像。只不過如果問其他人：「想不想把老公換成沛沛雄先生？」大家都異口同聲地回答：「我配不上那麼好的男人，現在的老公就可以了。」只有乃乃子能夠適應這麼溫文儒雅、骨子裡卻頑固透頂的人，他們夫妻是絕配。我只要差強人意的老公就夠用了。」

我吸吮著鍋底的鯛魚骨頭。

「沛沛雄，我完全沒有吃到鯛魚，你真的有放嗎？」「啊呀呀，對不起啦，全被我吃掉了。」「那就算了，如果是沛沛雄沒有放，我就饒不了他。」我很喜歡吃魚，喜歡啃魚骨頭，總是大吃特吃，完全不留給別人。

乃乃子整天對沛沛雄先生說：「我要和你離婚！」喂，喂，妳想清楚一點，自己有病在身，離婚之後怎麼辦啊？我不由地為她捏一把冷汗，但她還是常常把這句話掛在嘴上。乃乃子多年來服用大量藥效強烈的藥，只要氣溫稍微降低，她就會全身僵硬，如果不及時救治，幾分鐘就會一命嗚呼。所以，她隨時都把可以改善僵硬的藥放在身邊。只要一吃藥，幾秒鐘就見效。乃乃子成為重度身障者後，開始種花草，據說有助於復健。聽說她也常去參加演奏會，但絕對不會邀我同行。大家都說，從來沒有看過那麼有活力的病人。我也一直納悶，有一次問沛沛雄先生：「為什麼乃乃子總是精力充沛？」他告訴我：「她只有和你們在一起的時候才很有精神。身體不舒服時，就會亂發脾氣，哭著怪我當初她生病時不該救她，應該讓她一死了之。」我無言以對，只能看著沛沛雄先生。

原來她活得這麼痛苦。一個月前，我對她說：「妳老公也已經是老頭子了，妳要多關心他，萬一他病倒了，妳不是很傷腦筋嗎？」「對啊，但他很陰險。」「怎麼個陰險法？」「他從來不說自己累啊，妳不覺得很陰險嗎？」我忍不住大笑。「沒關係，如果沛沛雄先死了，我就跟著自殺。」

我只能盯著乃乃子看，說不出半句話。

夫妻太了不起了。我借了剝銀杏殼的鉗子，十點半左右回家了。我一路直奔回家，一進家門，立刻找出家裡的銀杏剝了起來，一下子就剝好了。我就像園丁一樣，把銀杏鉗子弄得卡嚓卡嚓作響，想要剝更多、更多的銀杏。

一看時鐘，已經十二點二十分了，趕快上床睡覺。

二〇〇四年　夏天

×月×日

醒來時，不知道已經幾點了。我又躺在床上，用腳拉開窗簾。試了一次，發現還可以用腳拉開窗簾，好厲害，真是太感動了。幸虧還可以用腳拉開窗簾，忍不住想像如果我這個年紀就病倒在床上，就對這件事感動不已，也不由地心生懷念之情。我振作精神，告訴自己，要充分意識到用腳拉窗簾的力氣已經每況愈下這件事。看著曬衣桿和鄰居家的屋頂，和對面公寓後方分不清到底是晴朗還是陰沉的天氣，一時搞不清楚現在是什麼季節。我懷念起北輕井澤的早晨，只要一打開窗戶，就可以看到樹木、天空和靜謐的風景。每天隨時都有樹木長出新芽，地面和雪也好像在玩變裝秀。大自然隨時都在玩變裝秀。晚春季節，樹木冒芽的速度驚人，彷彿可以聽到聲音。

我覺得自己每天早上都會變成謙虛的好人。妳很棒，妳很了不起。小小的嫩葉很棒，很了不起，甚至覺得宇宙也很了不起。我不會因此興奮地跳下床跑到樹旁，只是無論我多麼不開心，都知道開心會從不開心的膜之間猛地探出頭。

人生無情啊，人生無情啊。關上窗戶，立刻又變回內在外在都很邋遢的老太婆，繼續過日子。我不瞭解自己此刻的心情，看著分不清季節的天空，電話響了。快九點十分了。

是自來水公司打來的。「府上的水費停止自動扣繳了，我們會寄帳單到府上。」「咦？怎麼回事？」「我們公司不太清楚狀況，只是銀行方面把帳單退回來了，所以，應該是您去辦理了停止自動扣繳的手續。」「我沒有啊。」「那我就不知道了，我這裡無法查到具體情況，會同時寄一份銀行辦理手續的申請書給您。」「但是，我一直都是自動扣繳的啊。」「是嗎？那我就寄繼續扣繳的申請書給您。」

「會不會是你們自來水公司搞錯了？」「這不可能。」「你怎麼知道不可能？電腦也可能會出錯啊。」「（我聽到「哼」的一聲冷笑）這不可能啦。」「好奇怪。」「這和自來水公司沒有關係，請您去向銀行方面查詢。」對方從一開始自報姓名「這裡是自來水公司」時的語氣就讓我很生氣，但我突然想到可能是我家的孝順兒子大發孝心，決定幫我繳水費，所以就打電話去向銀行確認。銀行小姐用銀行小姐特有的、充滿服務精神的親切語氣對我說話，讓我暫時忘了銀行都是昧著良心做生意這件事，聽著小姐舒服的聲音，不由地滿心歡喜。

我和銀行都是無辜的，銀行小姐甚至為我擔心，「搞不好是新的詐騙手法。」

我內心同時湧現憤怒和喜悅，就像東映電影片頭背景使用的海浪般，嘩嘩地後浪推前浪，不斷地湧向心頭。戰鬥開始了。啊喲，我這個人為什麼這麼喜歡找人理論？

「我說啊，我去銀行查過了，他們什麼都沒有做。」我的聲音充滿自信和喜悅。「咦？那我來查一下。」「我說啊，你還沒查清楚，就打電話給我嗎？」我的語尾透露出徹底的勝利，雖然我沒有喝酒，語氣卻像喝了酒一樣粗聲粗氣。

「我查清楚之後，再回電話給您。」「你剛才不是說電腦不可能出錯嗎？」「我等一下打電話給您。」對方說完就掛了電話。「……」我還有話要說，被對方掛了電話，只能眼巴巴地看著半空發呆。

不到十分鐘，自來水公司再度打電話上門，態度必恭必敬。你就是剛才那個人嗎？

「是我們這邊的建檔疏失。」「既然是疏失，那就算了。不過，你剛才說話的語氣好像警察在審訊犯人，也未免太過分了吧。」「對不起。」「你以為自來水公司是為誰而存在？不是為自來水公司而存在，而是要為用水的民眾服務。」「您說得對。」「你以為電腦不會出錯嗎？你以為機器比人類更正確嗎？輸入資料的還是人啊。總之，你要為剛才冷笑的事道歉。」「對不起。」我不知道什麼時候該掛電話，如果不趕快收場，可能會一口氣罵到天黑。

「……真是火大。」我撂下這句話，掛了電話。我陷入極度的自我厭惡，心情差到極點，無法忍受自己剛才的咄咄逼人。我確信自己是全世界最惡劣的人，想痛苦得在地上打滾。我每次去公家機關，必定會和人吵架。不，走進公家機關的大門時，就已經做好了吵架的準備。有一次，我去市公所申請證明，對方說我沒有委託書，所以不可以申請。

「哪裡有賣委託書的紙？」「隨便什麼紙都可以。」「印章必須是事先登記的嗎？」「不，隨便的印章就可以了。」「那我現在可以當場寫嗎？」「呃，那不行。」「那我去你看不到的地方寫就好了嗎？」「是的。」

搞什麼啊？我火冒三丈。「那好，我現在去那根柱子後面寫。」「沒問題。」

沒問題？我就在柱子後方寫了委託書，蓋了印章。

「這是委託書。」「好，沒問題。」

照理說，事情有了圓滿的結局，但我還是忍不住開了口。

「要做筆跡鑑定嗎？」「不，不用。」「所以，即使別人冒充我寫一份委託書，你也會發證明給他囉。」「……這是規定。」「有沒有委託書根本沒差嘛。」「這是規定。」

市公所都很忙，在窗口找碴會造成其他人的困擾，但我即使想住嘴，也無法停下來。走出市公所時，自我厭惡到了極點，心情沮喪得要命。啊，我又想起調布市公所大門的樣子了。

但是，我也有我的原則，我絕對不會說「找你的上司來」，因為那些公務員都有妻子兒女，我也不會欺人太甚。我很了不起吧。不，一點都沒什麼了不起。自來水公司的職員一定在背後說我的壞話：「真是倒楣透了，遇到一個更年期的歇斯底里老太婆。」不好意思喔，我的更年期在八百年前就結束了。老人的心情都很不好，都富有攻擊性。

走到廚房看了冰箱，發現有剩下的胡蘿蔔、馬鈴薯和番茄，冷凍庫裡還有一塊放了很久的牛排。一看時鐘，已經十一點了，只是一點都不覺得餓。乾脆把所有食材丟在一起煮吧。家裡沒有芹菜，得出門到教堂路街角的蔬果店跑一趟。反正很近，就去買一下吧。穿上拖鞋，發出喀噠喀噠的聲音。聽自己的腳步聲很淒涼。

「我要買芹菜。」「啊，芹菜沒了。」「啊，上次也沒有。」老闆和我的年紀差不多。我發現也沒有洋香菜。

「因為我討厭芹菜啊，味道很臭。」老闆說。

「啊……你這裡這不是蔬果店嗎？」「但我討厭有臭味的菜。」我驚訝得說不出話。

「如果店裡進了貨，不是會賣剩下嗎？晚餐就會出現在我家的餐桌上，所以我店裡不賣。」「所以無論什麼時候來，都買不到囉？」「因為我討厭啊。」一個大男人可以說這種話嗎？我想起每次看到這個老闆，他好像都很不高興。斜對面雞肉店的老闆也很傲慢，態度很不客氣。

無奈之下，我只好沿著這條路走去西友超市，只買了芹菜回家。

走在青梅大道上，來到文具店前，想起該買一個印章。我轉動著放在路邊的印章陳列架，上面按照五十音的順序貼了片假名的標籤。佐、佐、佐，找到了。但我忘了帶老花眼鏡，看不清楚印章上的字，於是走進店裡。老闆的年紀也和我差不多，他很有名，只要提到他，大家都會「啊」的一聲，放聲大笑。

「我想買印章，但忘了帶眼鏡，可以請你幫我看一下嗎？」戴著無框眼鏡的老闆打量了我一下問：「妳姓什麼？」「佐野。」聽到我的回答，他很不耐煩地走到店外，坐在印章陳列架前，轉動著陳列架。我站在老闆身後說：「啊，佐、佐，有了！」老闆轉頭大聲咆哮：「妳只看到『佐』，但看不清後面的字，所以才拜託我找，不是嗎？」「對，是啊，是啊。」老闆抽出印章，走過我身旁，氣鼓鼓地說：「真受不了。」

這家文具店的老闆從來沒有好臉色。之前有人告訴我，這家文具店有賣井伏鱒二的稿紙，我想見識一下，於是問老闆：「有賣井伏鱒二的稿紙嗎？」他露出比以前可怕一百倍的表情回答：「沒有。」

我有點落寞地傻傻愣在那裡，老闆說：「之前有，現在沒了。」我立刻迫不及待地問他：「是怎樣的稿紙？」「灰色的線。」「角落有印名字嗎？」老闆露出牙齒，一付好像要吃人的樣子回答：「老師不會做這麼粗俗的事。」對不起。

果真印名字的話，整體感覺真的太粗俗了。

「現在大家都用文書處理機，所以稿紙都賣不出去！」老闆說話的語氣，好像文書處理機和電腦普及都是我的錯。

「啊，我要買鋼筆的筆芯。」

「不看鋼筆，怎麼知道是哪一種筆芯？」說完他就走了進去。「我有帶來，就是這支。」老闆走了回來，「哼」了一聲。我原本使用的是藍黑色，想了一下後問：「有沒有黑色的？」他又瞪了我一眼：「鋼筆當然要用藍黑色的。」然後拿出藍黑色的筆芯。老闆說的有道理，我開始欣賞他了。

照理說，付了錢就該乖乖離開，但我發現一個一千零八十圓的塑膠盒。我又走回店裡，對老闆說：「我要這個。」一看皮夾，只有一張萬圓鈔、一張千圓鈔，以及五圓和一圓，於是我就問老闆：

「可不可以算整數？」「什麼？」我以為老闆會殺了我。「第一次碰到妳這種客人，拿去拿去！真受不了。」

照理說，這次總該乖乖走人了，我偏偏想起家裡沒有橡皮擦了。我走進店內，拿了一個三百圓的橡皮擦，又順便買了膠帶，走到收銀台前，拿出一萬圓交給老闆。「我說啊，如果我現在說就算整數吧，妳會答應嗎？」他搶過我手上的一萬圓，拿在手上甩啊甩的。我的臉脹得通紅。

我拿著找零的錢正打算離開，老闆又發難了。「買東西為什麼不一次買完？妳讓我收錢、找錢了三次！」但是，那時候我已經喜歡上這個老闆了。老闆說的沒錯，我實在太笨了。我笑著對他說了聲「對不起」。啊，老年人真的整天發脾氣。我在心裡說：「老闆，加油！」我搞不好是被虐狂。

回到家，分不清自己肚子到底餓不餓，把冷凍香蕉和牛乳一起打成香蕉牛奶喝了下去。香蕉牛奶的顏色看起來很髒，有點像經鼻管餵食的營養劑。

為什麼小時候會覺得香蕉的味道簡直就像是天堂的味道？

小時候，通常每次只能拿到半根香蕉，據說吃一根會拉肚子。北京的香蕉不知道是從哪裡來的？台灣嗎？當時我暗自發誓，在死之前，一定要吃到整根香蕉。

原本以為只有我家是這樣，問了其他朋友，大家每次也都只吃半根，而且都異口同聲地說：「吃太多會拉肚子。」

之後，香蕉愈來愈便宜。價格便宜後，就再也沒有人提拉肚子的事了。可以開懷大吃香蕉後，我發現自己其實並不喜歡吃香蕉。香蕉不像是水果，吃起來像地瓜，好像一直卡在胸口不消化。但家裡隨時都有香蕉。

吃不完的時候，就用來炸天婦羅當點心，但小孩子並不覺得高興。

有一次，看到乃乃子像吃冰棒一樣舔著冷凍的香蕉。原來香蕉還可以冷凍。我把一根香蕉摺成三段，用保鮮膜包起來，放進冷凍庫時好開心。終於不必因為香蕉放得太久而發黑、變得軟塌塌而丟掉了。雖然我討厭牛奶，也討厭香蕉，但覺得香蕉牛奶應該對身體很好。

每天早上，我基於義務都會喝香蕉牛奶。有時候也會忍不住出聲說：「嗯，真難喝。」但喝一杯就飽了。

我坐著發呆，覺得有點膩了，起身去廚房做法式牛肉蔬菜湯。

二〇〇四年　夏天

我把冰箱裡剩下的蔬菜全都放進鍋裡，放芹菜的時候，忍不住想起討厭芹菜的蔬果店老闆。煮法式牛肉蔬菜湯時，牛筋最好能夠在火爐上燉上兩天。

有一次在煮法式牛肉蔬菜湯時加了很多牛筋，在去除浮沫時，覺得太麻煩，乾脆整鍋倒進瀝水籃中，把湯和肉、蔬菜分開。湯裡還留著一些碎屑，嘗了一口，發現很像法式清湯的味道，於是把泡咖啡的濾紙放在大杯子上，把湯過濾後，透明得令人難以置信。喝了一口，恐怕連帝國飯店的法式清湯都會自嘆不如。我沒有放鹽，湯的味道就很濃醇。原來我也會做法式清湯。那天，我把肉和蔬菜蘸芥末醬吃，喝著法式清湯，獨自感動不已。後來有一次，我按照相同的方法煮肉和蔬菜，準備再做一鍋法式清湯，也同樣用咖啡濾紙過濾，但湯很混濁。我用了兩張濾紙，還是照樣混濁。為什麼沒辦法煮出相同的清湯？

實在太匪夷所思了。我想起自己向來無法煮出相同的食物。有時候做的散壽司好吃得連我自己都難以置信，但下次再做，卻難吃得想吐。不是誇張，是真的吐出來了。當然，也會做出既談不上好吃、也不算難吃的散壽司，總之，品質無法穩定。有一次，我忍不住為這件事嘆氣，一個十三歲的男孩安慰我：「所以說，家庭料理才會令人吃不膩啊。而且，女人每天的體溫都會變化，做菜的口味也會有微妙的變化。」這孩子太優秀了。「你怎麼知道這些事？」「上次學校的老師教的。」

是喔，原來是學校上了兩性健康教育的課。當時覺得老師舉的例子不錯嘛。只是我的更年期在八百年前就結束了，但是、但是，為什麼做菜的水準這麼不穩定呢？一定和我起伏不定的個性有關。個性是一種病。笹子一板一眼的個性也是一種病。未未子只講究擺盤漂亮，料理本身卻淡而無味，那也是一種病。乃乃子生病之前做的菜份量都很大，口感豐富，很有層次。她的兩個兒子吃起來狼吞虎嚥。如今，那兩個兒子也開始禿頭了。

兒女還在發育階段，我們的餐桌和人生都很充實，戀啊愛啊之類的事完全被比了下去。

回顧無法重來的歲月，內心感受到陣陣痛楚。那時候整天忙得不可開交，無暇感受這份充實——當年她兒子可是可以一個人啃掉兩斤土司麵包呢。

我正在發呆，電話鈴聲響了。「呃，您可能不記得我了，我是○○。」我真的不記得了。「我辦了一本鄉間生活的雜誌，下次想做輕井澤的主題，想請您寫篇稿子。」「輕井澤和北輕井澤不一樣喔。」「喔。」「輕井澤屬於長野縣，北輕井澤屬於群馬縣，只是普通的鄉下地方而已。」「喔，是嗎？但我們希望您的稿子能夠用圖文並茂的方式呈現。」「我為你介紹一個理想人選，我認識一個人住在中輕井澤，文章寫得很好，也畫得很棒。他太太是玻璃藝術家，他有兩輛古董車，日子過得很優雅。」「是哪一位？」「他叫佐藤允彌，用圖文並茂的方式寫了《Car Graphic》一本書，畫得很漂亮。」「我們想找更有名氣的人，上次介紹伊豆時，找了淺井愼平先生。」我的火氣立刻上來了。是喔，是喔。「我問你，你是不是想讓雜誌很有時尚感？」「對啊。」「我跟你說，我討厭所有時尚的事，對不起。」說完我立刻掛上電話，再度陷入極度沮喪。

唉，我的朋友都會跑光光。聽到我這最討厭的人的名字時，就會說「喔，就是她」，然後會心一笑。我愈來愈像那個文具店老闆了。想到這裡，真想滿地打滾，跳進骯髒的無底沼澤。我坐立難安，用顫抖的手拿起電話打給乃乃子。「怎麼了？」「我跟妳說啊，我不知道該當一個好老太婆，還是當一個壞老太婆。」「現在還去想這種事幹嘛？」「因為我發現自己愈來愈壞了。」「所以，妳以前曾經是好老太婆嗎？」「……反正我比以前更壞了，就像超速的飆車族一樣。」「妳在裝什麼好人啊！我從小就被爸媽和老師說從來沒有看過像我這麼任性的孩子，所以，都活到這把年紀了，才不管這種事呢。」但乃乃子是個懂常理的人，而我的常理只能用在我身上。於是，我對她說了好老太婆和壞老太婆的故事。

很久很久以前，有一個村莊，裡頭住了一個好老太婆和一個壞老太婆。那天，附近的村莊在舉辦廟會，所以，村子裡只剩下老太婆。後來，鄰村的鈍兵衛和他太太，還有一個老太婆被殺了。因為鈍兵衛的女兒帶了男朋友回來，那個男朋友是八回合級的拳擊選手。八回合小子對鈍兵衛說：「請你答應把你女兒嫁給我。」鈍兵衛這個人脾氣粗暴又頑固，一下子就火冒三丈，對八回合小子破口大罵，罵得那個男孩比他更火大了，還動了手。

事發之後，村民紛紛說，既然他女兒喜歡，鈍兵衛根本沒什麼好反對的。八回合小子殺了鈍兵衛和他老婆後，光著腳逃到了隔壁村子，闖進好老太婆的家裡。因為他太餓了，想吃點東西。好老太婆收下剛洗好的T恤，請他脫下身上的髒襯衫，「換件衣服吧。」因為家裡沒有東西可吃，就去田裡摘了小黃瓜給他，叫他趕快逃走。於是，八回合小子逃到了壞老太婆家，不知道怎麼搞的，他又殺了壞老太婆。

警方搜山後，抓到了八回合小子，還判他死刑。但村民都說，那個壞老太婆死有餘辜。

原來，之前有一次，壞老太婆生病住院。隔壁病床的人動了手術，吃飯的時候，家人送來了粥湯。病人說不想喝粥湯，壞老太婆說：「那給我吃。」就把人家的稀粥湯喝光光了。當送來稀粥時，壞老太婆又說：「你不想吃吧？」又把人家的稀粥喝個精光。當送來白米飯時，又被她吃光了，隔壁病床的媳婦只好照三餐送飯給她吃。大家都覺得壞老太婆很可怕，與其向她抗議，不如乖乖送飯給她吃。所以，村民都覺得「她一定說了讓人忍不住想殺她的話」，對殺人魔八回合小子深表同情。

「我覺得自己一定會成為別人眼中被殺了也活該的壞老太婆。」乃乃子說：「沒關係，每個人該死的時候就會死，沒差。」到底哪裡沒差了？然後，我一邊看電視，一邊做了小黃瓜三明治，吃了冒牌法式牛肉蔬菜湯。既不好吃，也不至於難吃。

香菸沒了，我一路晃去便利商店。

我在便利商店看到一張似曾相識的臉。那個老爹正在收銀台付菸錢，看到我笑了笑。我太驚訝了，原來是文具店的老闆。通常店員離開那家店，即使在路上遇到，也會一時想不起來對方到底是誰。太驚訝了，原來那個老闆居然會笑！然後，他就像正常人一樣親切地對我說：「今天真熱啊。」我雖然驚魂未定，但仍然故作鎮定地回答：「今年的天氣很不正常呢。」老闆探出身體，向收銀台的女生指出萬寶路涼菸的位置，「那個，不是那個，是再右邊那個。」更令人驚訝的是，當他走到門口時，還向我揮了揮手。

真傷腦筋。當初是因為他經常不給別人好臉色看，讓人膽顫心驚，可以激發我的勇氣，所以才喜歡他的。

走回家的路上，我覺得喪失了活下去的勇氣。

洗完澡後，就上床睡覺了。

二〇〇四年　夏天

二〇〇五年　冬天

×月×日

因為罹患了癌症，所以不停掉頭髮。早晨起床後，先把膠帶纏在手上，黏掉枕頭上的頭髮。不知道為什麼，我特別喜歡做這種事。看到蟑螂闖進蟑螂屋時的成就感，看到黑乎乎的小螞蟻溺死在滅蟻器裡，屍體愈多，愈會讓我興奮不已。我罹患癌症後，立刻剪成兩公分的平頭，頭髮還是不停地掉。叭答叭答叭答。膠帶都黏滿頭髮，沒有地方可黏時，又剪了一段新的膠帶。叭答叭答。很快又累積了一堆黏滿頭髮的膠帶。我喜歡黏頭髮，只是今天有點膩了。如果頭髮今天是黑色，明天是粉紅色，那就太好玩了。現在有點厭倦了。對了，乾脆去美髮院，請美容師用剃刀把頭髮剃光，就像丸米味噌上的光頭小男孩一樣。不知道為什麼，我並沒有聯想到瀨戶內寂聽大師。

吃完早餐，我去了美髮院。

「我得了癌症，一直掉頭髮，可不可以請你幫我剃光？」聽到我這麼說，那個小家子氣的男美容師露出僵硬的表情。「如果你會怕那就算了。」「不會、不會。」雖然他這麼說，但一臉害怕的表情。怕什麼？癌症面前，人人平等，每個人都有可能得癌症。

轉眼之間，我就頂上無毛了。這才發現，我有生以來，第一次找到最適合自己的髮型，立刻有一種「這就是我」的感覺。如果不會嚇到別人，我想一輩子都理光頭。有一件事我早就預料到了，理完光頭後，頭上會出現一個差不多十圓硬幣大的禿斑。因為頭上還有稀疏的短髮，我摸了一下大致的位置，果然找到了。每次摸到這個禿斑，就充滿無限懷念。那是小時候，弟弟拚了命抓住我的頭髮，用盡全身力氣拔掉後造成的。千萬別以為我弟弟很粗暴，是因為我太壞了。我弟弟文靜寡言，刻苦耐勞，簡直不像是我家的孩子。虧他還是家中的獨子，不，也許正因為他是家中獨子的關係。

上次我給六十多歲的弟弟看了頭上的禿斑。

「你還記得嗎？」我問他。「嗯，有這回事嗎？我不記得了。」他用一貫的溫厚態度表達了歉意。不是他的錯，並不是所有殺人凶手都是壞人，有些壞蛋會故意刺激別人殺他，這種人應該對只受到十圓硬幣禿斑的傷害心存感激。

第二次世界大戰結束後，日本努力擺脫糧食短缺的問題。弟弟個性太溫和，在他的字典裡，沒有「機靈」這個字。以現代的角度來看，家裡有四個小孩，是理想家庭的典範，但對當年的小孩子來說，吃飯就像上戰場。首先，大家吃飯的速度都很快，而且，每個人所謂「吃飯的美學」各不相同。有人先吃喜歡的、好吃的菜，有人把好吃的菜留到最後大口吃，好好享受。我這個人向來認為天有不測風雲，擔心萬一下一秒發生地震就懊惱也來不及了；弟弟心地善良，對這個世界充滿信賴。我很快就吃完自己的菜，還可以不看弟弟的餐盤，就趁他專心吃飯時，以迅雷不及掩耳之勢，偷走他的味噌炒茄子、可樂餅或是天婦羅，以及他捨不得吃、準備等到最後一飽口福的菜餚，然後不動聲色地慢慢品嘗。弟弟啊、弟弟，我為你哭泣。弟弟一臉驚訝地盯著自己的盤子看了半天，然後露出恍然大悟的表情，以為自己剛才已經吃掉了。雖然他露出這種老實人的表情，但還是心存一絲懷疑，內心似乎覺得自己吃了什麼虧。紙不可能包住火，某一天，我記得那天吃炸牡蠣，弟弟突然發現我偷了他的菜。他把筷子一丟，向我撲了過來。我至今仍然覺得很不可思議，他居然立刻領悟到發生了什麼事。當時，我知道弟弟已經氣瘋了，自己根本不是他的對手。他的力氣遠遠超過我，宛如借助了神力。弟弟抓住我一大把頭髮，用力扯了下來。他力大無比，手上抓著我的一把頭髮。我自知理虧，無論他怎麼對我，我都是罪有應得。我不記得當時是否感覺疼痛。父母都目瞪口呆，甚至忘了教訓我。弟弟平時向來溫和，從來沒有暴力行為，父母一定被他氣瘋的樣子嚇到了。啊，弟弟啊、弟弟，我為你哭泣。奇怪的是，那天吃飯時鴉雀無聲。

弟弟的眼淚撲簌簌地流，用淚水配著飯吃。只看到他的眼淚不停地、不停地流下來。

想到弟弟當年的不甘，即使事隔六十年，我仍然忍不住淚眼婆娑。

原以為即使頭髮被拔掉，還會再長出來，但幾年後，我摸頭時發現有一塊地方光溜溜的，完全沒有頭髮，差不多是十圓硬幣的大小。過了幾年，當我升上國中、高中後，在考試時把手伸進頭髮，手指突然摸到沒有長任何頭髮的光溜溜頭皮，都會愣一下。

我用手指摸著禿斑，心裡想著，「啊，弟弟啊。」不光是禿斑而已，我的肚臍旁還有一個很完整的白色橢圓形齒痕，那也是弟弟用力咬住不放留下的痕跡，但是，我完全沒資格指責加害人。

事出有因，讓他不得已成為加害人，至於原因，也就是我**到底幹了什麼壞事**，我已經不記得了，不知道是否也是為了食物？

當弟弟死命咬住我的肚臍時，我知道是自己做得太過火了，惹惱了他，所以即使肚子被他咬穿了，我也無話可說。

溫文儒雅、做事一絲不苟的弟弟上次來我家時，我問他：「我家早餐吃麵包，可以嗎？」「呃，嘿嘿嘿嘿。」他無力地笑了笑，一付老頑固的態度說：「早餐當然要吃米飯才行啊，麵包吃不飽。」「所以還要配味噌湯？」「白飯當然要配味噌湯才行。不必費心張羅，我隨便吃什麼都行。」「那配菜呢？」「沙拉不適合配白飯吧，當然是燙青菜比較好。」「你平時早餐都吃什麼？」「也沒什麼特別的啊，呃，嘿嘿嘿，就是烤個竹筴魚乾之類的，我不會特別講究啦。」「吃烤魚乾時，還要配蘿蔔泥嗎？」「我說姊姊啊，這不是常識嗎？」「還有什麼？」「瑛子不擅長做菜，只會弄個納豆。」「我家裡有納豆，加蘘荷可以吧？」「呃嘿嘿，我不喜歡吃味道太重的辛香料。納豆當然要配蔥花啊。細蔥不行，我不喜歡，要大蔥的蔥白。真的啦，不必特地為我張羅。」「還有呢？」「只要再配點滷昆布就好。」「家裡沒有滷昆布，海苔呢？」「可以啊，但我只吃原味海苔。」幸好家裡有剩下的原味海苔。「醬菜的話，家裡只有麴漬蘿蔔。」「那個太甜了。」

什麼？原來這傢伙假裝隨和，骨子裡是十足的老頑固。無奈之下，我只好去超市買了一尾五百圓的竹筴魚乾，也順便買了滷昆布。為什麼要買一尾五百圓這麼貴的竹筴魚乾？因為弟弟住在清水，清水的魚乾便宜又好吃。搞什麼啊，跑來我家作客，卻拚命發揮這種貌似隨和的頑固。

隔天早晨，我花了一分鐘，用冷凍香蕉和牛奶打成果汁牛奶，拿出一片麵包，準備好自己的早餐，然後花了三十分鐘，為弟弟準備了「不需要特別張羅什麼」的早餐。弟弟和六十年前一樣，慢慢吃著竹筴魚乾說：「姊姊啊，下次我寄點竹筴魚乾給妳，不騙妳，清水的魚乾真的好吃。」什麼？我說弟弟啊，這可是一尾五百圓的魚乾，你每天吃的魚乾會比這個更好吃？

話說回來，弟弟的早餐才是正統的早餐。

以前，我們家都吃這樣的早餐。天氣冷的時候，還躲在被子裡賴床，就聽到廚房傳來咚咚咚切蘿蔔絲的聲音，小魚乾熬高湯的味道也撲鼻而來。想到長大以後嫁為人婦，天還沒亮就要用冰冷的水洗菜、切蘿蔔絲，就不由地感到害怕，希望以後不要結婚，甚至乾脆不要長大。而且，母親每天都這麼早起為全家做早餐，每天都要燒柴煮飯，還會自己醃白菜。

母親的手指又短又粗，凍得紅通通的，看起來就很冷。在準備早餐的時候，至少要同時做三個以上的便當。

母親最厲害的地方，就是在吃早餐時已經化好了妝。我們當時住在家裡連一塊玻璃都沒有的大雜院，她到底在哪裡化妝的？父親用筷子剔開醃白菜說：「有股奶油味。」母親是向來不道歉的人，雖然露出不悅的表情，但眼神中有一**絲懊惱**。

冬天冰冰的醃白菜真是美味。我這輩子都沒有做過醃白菜。其實我母親並不算是特別優秀的家庭主婦，也會做好吃的醃白菜。一到初冬季節，大雜院的每戶人家前面都會掛著一排切成四塊的白菜。

回想往事，真希望到每戶鄰居家裡，嘗一口他們家做的醃白菜。就像每戶人家的玄關都有不同的氣味，醃菜的味道也有微妙的不同。當年我們住在北京時，母親也照樣醃白菜。我喜歡吃白菜根部沒有醃入味的部分，現在回想起來，當然是葉子的部分比較好吃。我喜歡吃的部分，通常是別人剩下不想吃的。

看到女兒喜孜孜地吃著別人不想吃的部分，不是會覺得她很乖巧嗎？難怪我覺得每次我在吃白菜梗的時候，母親的表情就特別慈祥。

當時，哥哥還活著。我忘了哥哥喜歡吃醃白菜的哪個部分。我們一家人在北京胡同深處的中國房子內，吃著日式早餐。既覺得這樣很不錯，又覺得入境應該隨俗。話說回來，早餐最能夠傳承民族的文化，現代人的早餐都亂吃一通。弟弟啊、弟弟，在人世間的角落勤勤懇懇、老老實實過日子的弟弟啊，請你一輩子堅持吃**不需要特別張羅**的早餐吧，你這種人才是民族的力量。像我這個丟三落四的姊姊，只會給孩子吃牛奶加穀片，所以孩子長大以後才會跑去把頭髮染成金色。

「你家有沒有醃米糠醬菜？」「喔，有啊。」搞了半天，**什麼都不會**的瑛子原來什麼都會啊。「我老婆什麼都不會，媽還活著的時候，都是媽在醃，米糠床還是當年媽留下來的。」沒想到她們婆媳關係這麼惡劣，瑛子卻繼承了我母親留下來的米糠床。什麼都不會的瑛子完成了一項偉業。當可恨的婆婆開始出現失智症狀時，就把婆婆從她自己的房子裡趕了出去。我當時真的嚇到了，現在仍然驚魂未定，幸好米糠床還在。什麼都不會的瑛子，謝謝妳。弟弟啊、弟弟，六十三歲的弟弟，真不知道你娶到一個好老婆還是壞老婆。應該算是超好的老婆吧。

我送弟弟到車站，他又開了口。「呃嘿嘿嘿，買點伴手禮帶回去給瑛子好了。」然後，在車站地下街買了鹹昆布禮盒。

「東京什麼都貴。」

弟弟啊、弟弟，在地方都市的角落低調勤儉過日子的弟弟啊，為什麼你的耳垂比大黑神和釋迦牟尼佛的耳垂還大？

我想起笹子家的早餐。

首先會在桌上鋪好平整的餐墊，開始煮咖啡，大餐盤裡放著火腿、燻豬舌、生火腿和幾種起司，還有各種顏色的蔬菜，雞蛋、荷包蛋、歐姆蛋等放滿了整張桌子。我光看到桌上的食物就飽了，真不知道那算是哪個國家的早餐。

有一次在美國飯店看到歐姆蛋，真把我嚇壞了，特大號的歐姆蛋從大盤子裡滿了出來，光是一人份就用了六顆雞蛋。當時，我深深覺得美國人是野蠻人。那時候，旁邊有一個看起來吃素的女人正吃著沙拉，那個缽碗差不多有我家臉盆的四分之三大，她就像馬在吃草般把沙拉往嘴裡塞。即使馬在吃草，也會扭著上顎和下顎細嚼慢嚥，但那個女人的吃相好像把蔬菜丟進垃圾桶。即使是蔬菜，吃那麼多也會肥啊。只吃草的牛不也是可以長出霜降牛肉嗎？三十七年前，我第一次去義大利時，看到大部分的人早餐只喝咖啡配麵包，我感到極度失望。可能在我的想像中，他們應該吃著像笹子家的早餐，也可能我仍然懷念母親製作的傳統日本早餐。

笹子家在吃那些豐盛的早餐時，會開始討論午餐要吃什麼。

至於他們家晚餐的情況，恐怕要等下次有機會再說，否則篇幅不夠。

「我家的餐費占家庭總支出的比例高得嚇人，幾乎都用在吃的方面。話說回來，人不知道哪一天會死，能吃的時候就多吃點。」聽到她這麼說，只能冷冷地回答一句：「不必在意啦。」但心裡忍不住嘀咕：「你們也未免吃太多了。」

有一次，年輕女孩來我家吃飯時，我拿出羊栖菜，沒想到她驚叫：「啊喲，好可怕。」「妳以前沒吃過？」「沒有，看起來好像蟲子。」又有一次，我拿出芝麻拌胡蘿蔔。「這是什麼啊？看起來好噁心。」「妳早餐都吃什麼？」「蜂蜜蛋糕和紅茶。」「就這樣而已？一直都只吃這樣而已？」唉，日本人的身體到底怎麼了？只懂得追求名牌精品，這種像蚊子、蜻蜓一樣的身體，生得出小孩嗎？

這種時候，愈發覺得日本傳統的家庭主婦很了不起，對還沒起床就聞到用小魚乾熬高湯煮味噌湯的日子充滿懷念。但我無法像我母親那樣，也許已經在早餐這件事上走向墮落了。應該把這種年輕女孩送到孤兒院之類的地方，讓她們吃吃正常的早餐。她媽媽到底在幹什麼？不是家庭主婦嗎？算了，我對家庭主婦有成見。對不起，我錯了。這一陣子，我發現自己每天早晨一起床，就想先喝一杯濃濃的日本茶，有時候甚至醒來之後，會躺在床上一邊看電視，一邊喝著茶。

以前的老太太都這樣。縮著身體坐著，用滿是皺紋的雙手捧著茶杯，小心翼翼地喝茶。即使燕子飛過眼前，即使外面下著梅雨，她們都像貓一樣望著遠方，靜靜地喝著茶。那些人和我完全沒有瓜葛，但我在不知不覺中，變得和那些和我沒有瓜葛的人一樣。沒有人教我，當我回過神時，發現自己喝著濃茶發呆。

笹子雖然比我年輕，但很快會超越我。有朝一日，笹子早晨起床後，會喝著咖啡發呆嗎？還是也會不知不覺地改喝茶？或是到了八十歲，照樣吃著那麼豐盛的早餐，討論著「中午要吃什麼」？

還有我弟弟，我覺得他從三十多歲開始，每天在早餐之前，就會盤著腿叫什麼都不會的瑛子先幫他泡杯茶來喝。

他盤腿的樣子和死去的父親一模一樣。他愈來愈像父親了，最可怕的就是腳步聲，父子兩人走路都完全沒有聲音。

小時候，好幾次突然回頭，發現父親就站在我身後，我嚇了一大跳。每次都會被父親嚇到。有時候，弟弟，已經六十三歲的弟弟會突然在我身後叫「姊姊」，我也每次都被他嚇到。弟弟啊，父親在比你年輕很多歲的時候就死了，你居然在不知不覺中愈來愈像他，太可怕了。

父親並不像你這麼溫和善良，別人覺得他像「剃刀」或是「蝮蛇」。如今，我成為別人口中的「蝮蛇」。父親算是美男子，但我的長相不像他，只繼承了蝮蛇的內在。

父親死得早，很可憐。小時候家裡務農，很窮，只能吃小米和蕎麥。不久之前，八十八歲的叔叔偏著頭納悶說，不知道當年父親是怎麼讀完大學的，到底是誰出的錢。不知道父親那時候吃什麼。

父親只有在日本占領中國時，才吃了點好東西嗎？他在中國的時間前後不知道有沒有六年。

戰爭結束後，我們曾經在中國大陸喝著高粱粥，回國之後，吃了很多麥飯和地瓜。

我父親生了一大堆孩子。如果我是獨生女，或許頭上就不會有禿斑，肚子上也不會留下齒痕。不過，我最討厭吃早餐的最後一刻。我家會在每個人的味噌湯碗裡放兩、三尾熬高湯的小魚乾，父親命令我們：「小魚乾可以補充鈣質，吃下去。」而且會盯得很緊。那真的超級難吃，吃完後，整個嘴裡都沙沙的。我這輩子再也不想吃那種小魚乾，無論白菜的梗再好吃，都被熬過高湯的小魚乾毀了。

父親對鈣質的問題特別囉嗦。吃炸小竹筴魚時，他會命令我們：「把頭也吃下去，鈣質很豐富。」他也很喜歡不知道去哪裡買回來很多小竹筴魚，用烤爐一尾一尾烤，然後加醬油和糖，用大鍋子煮很久，頭和魚骨都煮爛了，裝在大盤子裡。一看就知道鈣質很豐富。

日本的美食都集中在下酒菜上。笹子家的晚餐都是好吃的下酒菜，都是父親一輩子也無緣吃到的美食。如果他活得稍微久一點，廚藝不錯的母親至少會用昆布醃鯛魚生魚片給他吃，或是把竹筴魚做生魚片後剩下的魚骨拿去炸一下，撒點鹽來吃，畢竟鈣質很豐富啊。我想起父親臨死前沒有一顆蛀牙，雖然有點泛黃，但一口牢固的牙齒發出透明的光。他都用牙齒咬開啤酒瓶的蓋子。想到他的一副好牙就這樣在火葬場燒掉了，還真有點可惜呢。

小魚乾果然是鈣質聖品嗎？我活得比父親長命，和父親相比，我吃了不少美食，卻滿口蛀牙，為了這一口爛牙，進貢了好幾百萬給牙醫師。長壽還真花錢。提升生活品質也很花錢。

中午過後，去探視母親。我在光頭上戴了帽子去看她。母親呆然地躺在床上，她似乎已經認不出我了。我也累了，就鑽到母親的床上和她一起睡。母親摸著我的光頭說：「這裡有一個不知道是男生還是女生的人。」

「妳老公是佐野利一。」

「很久都沒做了。」她該不會是指哪件事？該不會指男歡女愛？但是，已經變得透明的失智母親即使再怎麼說男歡女愛的事，也完全沒有情色的味道。

我大聲笑了起來，母親也出聲笑了。

「媽，妳以前很有男人緣嗎？」

「普普通通。」是嗎？

「我漂亮嗎？」

「妳這樣就夠了。」

我又大聲笑了起來。

母親也跟著笑了。

突然，母親幽幽地說：

「夏天只是在等待被人發現。」

我說不出話。

「媽，我累了。妳活了九十年，也累了吧？是不是想去天堂？要不要一起去？

不知道天堂在哪裡？」

「啊喲，搞不好就在附近呢。」

二〇〇五年　冬天

二〇〇五年　春天

×月×日

醒來時，發現身體就像咬了半天、想要吐掉的口香糖般黏在被子上，連掀開被子的力氣都沒有。小時候不知道什麼是「累」，有時候回過神，發現自己隨便找了一個地方躺下了，被大人叫醒還會很不高興，或是懷疑在我睡覺時，家人吃了什麼好東西。到了隔天早上，就精神很好地起床了。

年輕的時候，只要睡一晚，體力就恢復了。再稍微年紀大一點的時候，肌肉會在隔天才開始痠痛。

年紀更大之後，發現肌肉要等兩天後才開始痠痛，不由地感到驚訝。有一位朋友說，他喝酒兩天後才開始宿醉。這根本是老人了嘛，原來老人會這樣，以前從來沒有人告訴我這件事。之前一直以為老人動作慢吞吞是理所當然，原來這才是真正的原因。於是，我漸漸習慣了。我今天的疲累，是經過一個星期的結果。

從小旅行和旅行回家後，立刻在三百本書上簽了名。快簽完的時候，腦袋都空了，但我深知讀者是我的衣食父母，是上帝。萬分感謝。雖然腦袋空了，但臉上仍然帶著內心湧現的感謝微笑，心裡不停地向每一位讀者鞠躬。帶著衷心的感謝，鞠了三百次躬。

一個星期後的今天早晨，身體就像口香糖，口香糖手臂的肌肉終於開始痠痛。啊？已經過了一個星期了，怎麼還會痠痛？而且，那時候也只是簽名寫字而已。我甚至懶得去上廁所，傍晚之前，連飯也沒吃，像隻死青蛙一樣趴在床上不動。

中午之前，只喝了一點水、上了廁所而已，整個上午都黏在床上，但口香糖睡不著，心情愈來愈糟，快陷入鬱悶的谷底了。啊，真希望有什麼開心的事出現，我想要有開心的事。眼前，不，這一年來，只有一件事讓我感到開心和幸福。

瀕死的老人甚至懶得起床去買牛奶，卻搖搖晃晃地走向比牛奶店更遠的錄影帶出租店。

一年前，我動了乳癌手術。周圍的朋友一聽到我得了癌症，個個臉色鐵青，然後對我超溫柔體貼，簡直令我目瞪口呆。我自己並沒有特別的感覺，現在每三個人就有一人死於癌症，癌症面前人人平等，只是時間早晚的問題。比起癌症，精神疾病的問題更令我痛苦數萬倍，周圍人的態度也冷漠數萬倍，朋友都一個一個跑光了。

是我的改變讓朋友離我而去。不久之後，我就會變成一個不想死也死不了的廢人，繼續苟延殘喘，發自內心地羨慕癌症病人。如果我這麼說，身邊僅存的幾個心地善良的朋友也會拔腿逃跑，和我保持距離吧。我的精神病一輩子都好不了，現在也沒有好。

癌症只是附贈品而已。

二〇〇五年　春天

不過，我有話要對為我動癌症手術的醫生說。雖然我已經是老太婆了，但也沒必要幫我把多餘的肉縫到腋下吧。到了這個年紀，除了洗澡以外，已經不需要脫衣服了，所以形狀根本無所謂了，但還是不希望把多餘的肉縫到腋下啊。即使過了一年仍然不見改善，經常摩擦到，手臂和那坨肉都痛死了。醫生，你就老實說吧，如果是年輕的美女，你在動手術時一定會更用心吧。這坨肉也成為我的附贈品。醫院就在離我家六十七步路的地方，如果是稍微大一點的醫院，恐怕連走廊都不止六十七步。醫院一定要離家近。我在手術隔天早上就自己走路回家，悠閒地坐在沙發上抽了一支菸。呼。太棒了。醫生在手術前問我是否喝酒、抽菸，我滴酒不沾。「不，我不喝酒。」醫生看了我一眼，露齒一笑問：「多少有喝一點吧？」即使我完全不喝酒，看起來卻像是嗜酒、發酒瘋的人，大家聽說我不喝酒，個個都驚訝不已。對我來說，酒是世界上最沒用的東西。醫生似乎沒有想到我是個像煙囪般的老菸槍。呼。當時的心情就像松田優作在〈向太陽怒吼〉中演的牛仔褲刑警在臨死前抽菸的感覺。那天之後，我每天都溜回家裡噴雲吐霧。七天就出院了。

生這場病真好。朋友得知我生病的消息，嚇得臉色發白，來看我的時候還帶了哈蜜瓜。我又恢復了煙囪狀態，大家看了都忍不住臉頰抽搐，「洋子，妳……」呆然地說不出話。據說即使菸癮再大的人，一旦得了癌症，就會主動戒菸。哼，那麼怕死嗎？《楢山節考》[7]裡的阿玲婆，不也是六十九歲就死了嗎？甚至有人走在大馬路上被掉下來的招牌砸死。只有都都子說：「沒關係，沒關係，快樂就好。妳已經活夠了，我也活夠了。」都都子因為蜘蛛膜下腔出血，曾經徘徊在生死邊緣，頭蓋骨上被挖了一個大洞。她把剃光的腦袋伸到我面前說：「這裡、這裡。」給我看她手術的痕跡。曾經走過鬼門關的人氣魄就是不一樣，她至今常常若無其事地開玩笑說：「我是酒鬼。」

7 深澤七郎著，以日本民間棄老傳說為題材的短篇小說。

三十六歲的男人背著背包來探視我，從背包裡拿出〈冬季戀歌〉全集錄影帶說：「我帶來了。」

原來這就是赫赫有名的〈冬季戀歌〉。和我兒子同年的這個人平時一付酷相，我雖然是他朋友的母親大人，他卻常發自內心地對我發出「嘻嘻嘻」的嘲笑。我曾經很認真地問他：「你到底以為我有多笨？」他居然回答：「妳真的很笨啊。」……

「你看過了嗎？」「雖然不太好意思說出口，但我無法討厭裴帥。」太罕見了，這個男人太難得一見了。我開始看，一集接著一集看。

從下午一點開始，連吃飯的時間都捨不得放棄。

一邊看，一邊不知道哭了多少次。我看〈男人真命苦〉的寅次郎也曾經哭得稀里嘩啦，但和此刻的心情完全不同。我有生以來第一次哭得這麼傷心。我的靈魂有生以來第一次徬徨在完全不同的境界，既不像在人間，又不像在天堂的氛圍中，哭得整個心臟都揪成一團。

罕見男K也一起哭了。罕見男K說，這已經是他第六遍看這齣韓劇了。他真是前無古人，後無來者的典範。

看完最後一集，我腦筋一片空白，沉浸在前所未有的幸福中。清晨六點，天已經微亮，隔著窗戶看到的狹小天空被染成了橘色。

罕見男K，你的笨蛋程度和我不相上下吧。「我要去睡了。」我說。罕見男K也去睡覺了。

中午過後，才剛起床，我又把錄影帶放進了錄影機。隔壁房間傳來窸窸窣窣的聲音，K出現了，又過來躺在電視前。K的好友，也就是我兒子從二樓走下來，立刻大喊著：「媽，別對著電視流口水！」

我的抱枕上真的有一大灘口水。這齣韓劇的劇情都是芭樂爛梗，簡直就是裴帥的受難記，他出了兩次車禍，兩次都是在去見女朋友崔智友的時候被撞。他在只差三公尺就可以抱在一起時，被一輛大車子撞到，失去了記憶。女主角有一個青梅竹馬，暗戀她已久，我沒見過比這個男人更嚴重的跟蹤狂，而且他超執著。說到執著，裴帥和女主角也都很執著。

女主角在裴帥和跟蹤狂之間搖擺不定，哪一個男人稍微加把勁，她就靠向那個男人，讓我始終無法放下懸著的一顆心。那些沒看過這齣韓劇的人總是一付了然於心的表情，毫不掩飾輕蔑的態度說：「和〈請問芳名〉差不多吧？」根本大錯特錯。〈請問芳名〉是因為男女主角始終擦身而過而令人為他們捏一把冷汗，但〈冬季戀歌〉是在觀眾希望裴帥出現時，他就不知道是搭直升機還是肩膀上長了翅膀，戴著花俏的圍巾，眼鏡後方的雙眼露出深情款款的眼神，站在離女主角十公尺的位置。好幾次都是這樣帥氣地出場。那個跟蹤男也不知道從哪裡冒出來，總是在房子後面，或是躲在樹後緊盯著他們抱在一起。每次都在那裡盯著看。即使我忍不住在心裡想，看吧，這下你總該死心了吧，但跟蹤男就是不死心。果然是三十五年來始終無法忘記對日本帝國仇恨的民族。

而且，那個國家的男人很愛哭，他們的淚腺似乎特別發達。那個國家雖然有徵兵制度，但男人流淚似乎不是一件不光彩的事。女人也很愛流淚。我兒子說：「我喜歡這個女人。」然後也跟著一起看了起來。他似乎「無法討厭」壞女人。每次跟蹤男出現時，我就去上廁所、洗碗。

裴帥露出那副經過矯正的潔白牙齒微笑時，我、我、我希望可以一直看著他的臉。但是，裴帥感覺既不是男人，也不是女人，是個奇妙的性別。我至今仍然搞不清楚是否把裴帥當成男人來喜歡。他既不像是歌舞伎中的男扮女裝，也不像是寶塚歌劇團的女扮男裝，更不是人妖，當然也不可能是女人。「快來啊，他出來了！」兒子叫著我。「不，我不是對他⋯⋯」我的話還沒說完，就被兒子吐槽：「妳不是每次都趁裴帥沒有出現的時候去上廁所嗎？」「他不是我喜歡的類型⋯⋯」「對自己誠實一點好不好？」我還是搞不清楚，只是欲罷不能地看下去。

罕見男K始終沒有說話，他陪我從頭到尾看了兩遍〈冬季戀愛〉。

K在我家住了兩晚，回家時，口齒不清地問我：「要不要把這個留下來？搞不好妳還想看。」我吞吐著，內心很希望他可以不要帶走，沒想到我兒子開了口：「我去幫妳買DVD。」「那就心動不如馬上行動。」兒子幫我買了整套盒裝的

DVD，我還以為自己在做夢。

「我想把裴帥帶回家啦。」罕見男K說，「我開始懷疑自己是同性戀了。」我知道罕見男K愛女色愛得要命。

第一次擁有自己的DVD。我向來覺得錄影帶和DVD只要用租的就好，但家有裴帥，而且隨時都在家中，那種安心感是無可取代的。我買了DVD機，裝在臥室的電視上，只要睡覺醒來，就打開DVD，晚上睡覺時也不忘打開。這是我有生以來第一次做這種事。是不是太沉迷了？裴帥在這齣戲中總共圍了十六款不同的圍巾。

不久之後，一位三十六歲的太太來探視我時，又帶來了〈冬季戀歌〉系列的〈藍色生死戀．秋日童話〉全集。

哇，買DVD送我嗎？居然送這麼貴的伴手禮。

這齣韓劇又是三角關係，故事的設定脫離了現實。故事從在醫院抱錯孩子開始，整齣戲就是女主角的受難記。〈冬季戀歌〉中的裴帥是超級有錢人，但這齣戲中跟蹤狂角色才是財團的富二代。那個國家似乎很喜歡有錢人，當然，我也很喜歡。女主角窮得不得了。我又看得欲罷不能了。然後，我移情別戀，愛上了富二代的情敵元斌。他是絕色美男子，是真正的男人，看他的時候，沒有看裴帥看得出神時的不安。女主角又因為編劇的大筆一揮，剛好得了白血病。這個情敵這麼帥、這麼有錢，卻很聖潔，只希望自己所愛的人得到幸福。〈冬季戀歌〉中也設定了近親相愛的情節，〈秋日童話〉中近親相愛的要素也很濃厚，雖然讓人懸著一顆心，而且後來兩人也莫名其妙地變成了外人，但難道那個國家對近親相愛有特別的興趣和歷史嗎？話說回來，劇中的角色依舊個個都很執著。在女主角葬禮的日子，執著的男朋友又被公車撞死了。太莫名其妙了，已經執著到要死的地步了。雖然覺得很莫名其妙，但我又看完了第二遍，然後去找元斌演的其他齣戲的錄影帶。這次更加離譜，元斌竟然在中途就消失了。怎麼回事啊？於是，我又去了DVD店，買了電影〈太極旗．生死兄弟〉，那是發生在朝鮮戰爭時代中一對貧窮兄弟身上的悲劇。整齣戲都在打仗，是一部出色的電影，和日本電影完全是不同的層次。不過，劇中的哥哥也對弟弟抱著幾近瘋狂的愛，在戰爭中一心只為弟弟著想，為了讓弟弟獲得免戰勳章，瘋狂地屢建戰功。哥哥以為弟弟被南韓軍隊殺死後，投靠了北韓，決定要復仇。美男子元斌飾演弟弟，但因為是戰爭片，美男子的臉上整天黑不溜丟的。之後，我又看了〈朋友〉、〈實尾島風雲〉、〈我的野蠻女友〉和〈春去春又來〉幾部電影。太棒了。那個國家的人怎麼會這麼深情？他們對愛深信不疑。日本人覺得相信愛很蠢，嘲笑純愛，無論電影和小說，都描寫一些漂浮不定的人。

我打電話給住在奈良的妹妹，發現我們全家人的腦波似乎都很弱，妹妹根本就是韓劇通。

「寄給我、寄給我。」我懇求道。「現在借給麻麻子了。」麻麻子是我的么妹。

麻麻子在下雨的日子，提了兩大紙袋上門了。無情的我對她揮了揮手說：「再見。」然後進屋立刻播放了〈情定大飯店〉的ＤＶＤ。奈良的妹妹真有錢，居然買了〈情定大飯店〉。

我又移情別戀了。

裴帥飾演的冷酷併購人從美國回國，想要併購故事舞台的飯店。飯店女經理是主角，當然又陷入了三角戀愛。總經理和女主角是戀愛關係，這位總經理多年前曾經在客房內被一位中年富婆撲倒，他承擔一切責任後離開了公司，到拉斯維加斯洗盤子，過著自由自在的生活。那個國家的人對美國情有獨鍾，愛到有點異常的地步。劇情中不是有人去美國留學，或是去美國發展，要不然就是從美國回來。在韓劇中，絕對不可能有人跑來日本留學。

為什麼那個國家的人那麼愛美國？雖然小泉首相也對美國搖尾巴，但總覺得他們對美國的熱愛程度和日本不太一樣。

為了守住飯店，飯店經營管理高手的總經理回到飯店復職，和想要併購飯店的裴帥為了女朋友展開了爭奪戰。這次我愛上了總經理的角色，他具有出色的管理能力，保護經營出現危機的飯店，內心壓抑著對女朋友的愛，卻很執著。那是一份寧靜的執著。話說回來，那個國家有人不執著嗎？

幾十年前，有一個韓國男性朋友說：「我不會和韓國女人談戀愛，只要和韓國女人上過一次床，她就會追你追到天涯海角。」他也是一個執著的人，對初戀女友的思念持續了整整十七年。「我之所以會變成花花公子（哪有人自己這麼說的？），是對她的復仇。」而且他還很自私地說：「我要和歐洲的女人談戀愛，和韓國女人結婚。」據說韓國的妻子貞操觀念很強。結果，他果然這麼做了。

我認識他快四十年了，他從第一次見面時開始，就在我面前發洩對日本帝國的仇恨，當我回過神時，發現自己跪在他面前，哭著向他道歉。

「日本人都太不瞭解那段歷史了，所有日本人都要哭著向我道歉。」

我接受的是戰後日本的教育，日教組[8]的老師告訴我們，日本是慘無人道的國家，所謂的愛國心就是軍國主義，不能愛太陽旗，也不能愛「君之代」的國歌。但在畢業典禮上，照樣掛著太陽旗，也會唱著「君之代」。

有一次，我和那個韓國朋友走在路上時，忍不住唱起了「烏鴉啊，為什麼要哭泣……」，結果他勃然大怒，對我破口大罵：「妳這個人神經太大條了，妳知道我小時候是帶著怎樣的心情被迫唱日本歌的嗎？」我呆然不語，只能默默低下頭。真難啊。

我每隔幾年會和他見一次面。

有一年夏天，天氣很熱，他一坐下就說：

「日本的這種熱是怎麼回事啊？這種濕熱的感覺真的很不舒服。」他擦了擦額頭的汗，「一下飛機，這種噁心的悶熱就從脖子爬上來。這種悶熱從脖子滲進來，掐住脖子的感覺，就像當年日本帝國主義侵略韓國一樣。」說完，他不停地搖著頭。難道我還要對日本的氣候負責嗎？到底想要我怎麼樣？算了，誰叫日本是慘無人道的國家呢。

於是，我對他說：「對不起，你應該在秋天或春天的時候來。」我這輩子都在和這種悶熱打交道，到死為止，都不會感受到夏天會吹乾爽的風，為什麼要向他

8　日本教職員工會的簡稱，持反戰立場。

道歉？

兩、三年前，他又來日本了，一坐下來又說：「日本這個鬼地方……」當時，我只聽到右腦的神經啪嗤一聲斷裂。三十六年了，喔，日本是鬼地方嗎？這三十六年來，我都忍受著你的壓迫，我不想再忍了。你就去恨一輩子吧，恨到你爽為止。仇恨到底能夠有什麼收穫？即使我從小到大沒見過日本帝國是什麼樣子，也要獨自為以前的慘無人道負責嗎？

你到底想要我怎麼樣？我再也不想見到你。原本覺得你是我唯一的韓國朋友，所以一直很珍惜你，三十六年來，我用誠懇的態度和你相處，但是，我已經忍無可忍了。因為我是日本人，所以你看到我就忍不住想要說幾句吧？我來日不多了，也沒什麼未來可言，但正因為如此，才努力想和你國家之間的關係盡一點棉薄之力。

我帶著親切的笑容和他說再見。我們絕交了，再也不會見面了。然後，又對他笑了笑，揮手向他道別。

言歸正傳。冷酷的裴帥為了心愛的人捨棄了自己所有的財產和經歷，了無牽掛地和她緊緊擁抱在一起。

執著的總經理果然像跟蹤狂一樣，躲在柱子後面看著這一幕，轉身離開了。但是，即使離開了，他的背影仍然帶著執著。不過，我這次更中意總經理，問了在日本留學十年的首爾女孩，得知扮演總經理的金勝友因為外遇，鬧了很大的緋聞。

就讓男人可以自由決定自己小頭的歸宿嘛。

我搖搖晃晃地走進錄影帶店，毫不猶豫地買了金勝友演的一齣名叫〈新貴公子〉的電視劇全集。這個劇名很奇怪。

我扶著欄杆，費力地走回家，倒在床上，聚精會神地看著錄影帶。

沉著能幹的飯店總經理搖身一變，這次扮演個性開朗、做事果斷的窮小子。陽光般的窮小子每天很有活力地送水，卻是麻雀變鳳凰的男人版，和類似「現代集團」的財團總裁女兒墜入愛河。我又像口香糖般癱在那裡，沉浸在幸福之中。韓劇為什麼可以讓我這六十六歲的老太婆這麼幸福？如果不瞭解這些，如果不瞭解這種幸福就離開人世，簡直就是枉走人生這一遭了。太感謝了，我雖不才，但在一生之中，也曾經有過數次幸福的瞬間。

但是，眼前的這種幸福和以往的幸福有著根本的不同。

是因為一切都是虛構的嗎？所有電影都是虛構的，我看過很多有趣的優秀電影，也有很多電影賺走了我的熱淚，也有電影溫暖、療癒過我。

但是，韓劇有著根本的不同。這種幸福到底是怎麼一回事？

韓劇的劇情幾乎都是超芭樂的老梗，卻可以讓人感到幸福，感到特別的幸福。很多了不起的人都分析其中的原因，我才不做這種傻事。喜歡不需要理由，就是喜歡。

二〇〇五年　春天

二〇〇五年　夏天

×月×日

睡到滿身大汗，醒了過來。但即使醒了，仍然沒有清醒的感覺，有九成仍然停留在夢裡，剛才做的夢仍然在腦海中縈迴。我急忙看看窗簾，雙手摸摸被子，心臟跳得很快，腦袋仍然停留在剛才的夢境中。我夢見自己失智了。夢境很長，因為我發現自己開始失智，就急忙想通知別人。當我拿起電話想通知別人時，卻不知道該通知誰，但還是開始撥電話，手指卻滑掉了。不知道為什麼，用的是傳統的轉盤電話。我明明不知道該打電話給誰，卻拚命想撥電話，手指不停地滑掉。不一會兒，電話變成了白色迷彩服的圖案，輪廓也漸漸模糊。

下一剎那，我看到眼前的一切全都變成了白色迷彩服。迷彩服和大腦爆炸後四處散開。我的腦漿濺得到處都是，世界變成了白色斑駁圖案。

我的身體和頭都散開了，只有白色的東西在蠕動。

我在夢中想到，啊，原來母親現在變成這樣了，我之前完全不知道，如今知道了母親目前所處的狀況，而且，我也和母親一樣失智了。我知道沒有人知道我目前處於這樣的狀態，這種感覺超越了不安和恐懼。即使醒來之後，我仍然無法從失智的夢中醒來。我靜靜地起床，靜靜地下樓坐著。失智的夢仍然在腦海中繼續，我摸了摸桌子，摸了摸膝蓋，神智仍然混沌模糊。

我坐著發呆整整一個小時。

我努力讓自己清醒過來，又開始看第二次的韓劇〈All In 真愛賭注〉。看的時候，腦海裡不斷響起一個聲音：「對妳來說，李炳憲和母親哪一個重要？」雖然我無法離開李炳憲，但還是下定決心「我要去看母親」。決心需要強烈的意志和行動力，於是我知道，只要把心留在韓劇上就好。

開車去探視母親的途中，內心因為覺得母親很可憐，以及不得不去看她的義務感，再加上今天早上的夢境，讓我愈發不安。

我為韓劇癡狂墮落。我這個人膽小謹慎，雖然在別人眼中很瘋狂，卻從來沒有為任何事墮落過。

我既沒有迷過名牌精品，也不曾追求美食，更覺得旅行很麻煩，當然也不曾玩過男人，電影也都是從錄影帶店租回來看。但自從家裡有〈冬季戀歌〉的DVD，體會過裴帥等在家裡的安心後，就開始接二連三地買整套DVD回家。DVD並不便宜，我還是一套接著一套帶回家放在架子上。我很擔心新星堂的店員已經認識我了。那又怎麼樣呢？是覺得自己只是普通的老太婆，不希望店員認為我是韓流老太婆嗎？

我周圍有些女人喜歡看歌劇，有些人喜歡看能劇，或是看岩波電影公司推出的電影。我很想和別人討論韓劇，大家卻「哈哈哈」地笑我，讓我倍感孤獨。但還是感到幸福。去年退休的一位熟識編輯個性拘謹，做事認真，學歷很高，不太容易親近，沒想到她也迷上了韓劇。簡直就是奇蹟。她迷上之後，比我更專情，我們每天都會用電話討論很久。

她喜歡裴帥的背影。我喜歡李炳憲嘴巴張開時，左邊嘴角唇皮黏住的瞬間。

有一天，在世界各地出沒的中國人蛋蛋先生邀我去韓國。〈冬季戀歌〉中拍攝林蔭道雪景的那座島的島主是他的朋友。我第一次驚訝地知道原來那是一座島，屬於私人所有。我告訴了學歷很高的矢矢子，她二話不說地答應同行。

島上有飯店，裴帥在拍攝那齣連續劇時，曾經住過那裡的房間。

我曾經去過首爾兩次，兩次心情都很沉重，只因為自己是日本人，就提心吊膽，緊張不已。只要有稍微上了年紀的人用日語對我說話，我就惶恐不已，忍不住在心裡說：「對不起，因為當時日本侵略你們，你們才會說日語。」根本無法悠哉地享受觀光心情。三十年前的首爾正在大興土木，整個城市塵土飛揚，有一種肅殺的味道。唯一的韓國朋友是名門兩班[9]的菁英，走起路來也有風，起步的時候，感覺就像蒸氣火車在慢慢發車。他說：「韓國愈來愈糟了，只會吸收日本的缺點。」「日本也一樣，年輕人都想當美國人。」不知道他是不服輸，還是被虐狂，又說：「日本只要學美國就好，但韓國必須同時學日本和美國。」然後用正確的日文說：「語言是和外國溝通的基礎。」他會說五個國家的語言。他問我：「妳知道嗎？日文中的『ku-da-ra-na-i』這個詞，就是指百濟沒有的東西。」[10]原來有這種解釋。另外，我以為「放鬆」（ku-tsu-ro-gu）這個詞就是放鬆的意思，他又告訴我：「其實是脫下鞋子，所以才會有放鬆的意思。」喔，原來是這樣。回國之後，我買了某個學者的新書，書中問了一個問題：「你可以說出五個朝鮮人的名字嗎？」我只知道安重根和李承晚。如果是英國人或法國人，即使無

9 韓國古時貴族階級。

10 くだらない（ku-da-ra-na-i）為「沒有價值，無用」的意思，百濟在日文中發音為「ku-da-ra」，因此，「くだらない」也可解釋為「百濟所沒有的」之意。

法脫口而出，但我應該可以說出五個人的名字，對美國南北戰爭也相當瞭解。原來日本人真的都先學西洋的事物。我每次出國，有時候都覺得自己是夏目漱石。什麼？即使過了一百年，日本仍然只有夏目漱石嗎？連夏目漱石都不認識的年輕人，在國外是怎樣的心情？

第一次去巴黎時，被巴黎街頭的天然色彩嚇到了。因為我看了不少法國電影，電影中的巴黎都是黑白的。無色的雨打在石板上，只有石板的邊緣閃著光，有一種特別的味道。彩色的巴黎富有詩情。沒錯、沒錯，那已經是四十年前的事了。美國一開始就是彩色的，因為我看了電影〈亂世佳人〉（Gone with the Wind）。駐軍美國人的臉帶著粉紅色，感覺很噁心。

我害怕鄰國，即使勉強自己學習鄰國的知識也完全記不住，所以就漸漸忘了鄰國的存在。鄰國出現在電視上時，不是教科書問題，就是靖國神社，或是道歉、歧視的問題，讓人抬不起頭。在裴帥出現之前（即使我曾經去過首爾），鄰國也是沒有色彩的，甚至沒有黑白的顏色，只是沉重而緊張的國度，好像用粗大的刷子沾了墨汁塗掉了。

那個島名叫南怡島，是河流中的小島，島上盛開著櫻花。〈冬季戀歌〉中雪中的林蔭道上，嫩葉閃著光芒。我一直以為櫻花是日本的植物（後來又知道日本送去華盛頓的櫻花樹長得很漂亮），看到櫻花時，我心裡忍不住緊張，想到討厭日本的韓國，絕對也討厭櫻花。後來又轉念一想，櫻花出現在這裡很正常，畢竟是鄰國嘛，頓時感到釋懷。

這次同行的矢矢子從羽田機場開始就嘰嘰喳喳地興奮不已。對嘛，旅行就應該像她一樣，帶著興奮的心情出門才對。

來到南怡島，島上隨處可見日本師奶。南怡島的島主很有錢，也很有生意頭腦，清楚地在各景點標示出這裡是〈冬季戀歌〉哪一個場景的拍攝地點，這裡又是親吻雪人的桌子。日本的師奶個個都樂壞了。

第二天，我和矢矢子在碼頭時，一位日本師奶走了過來，問我們：「妳們也是跟團來的嗎？」這時，高知識分子矢矢子回答：「不，不是。」她臉上毫不掩飾「請不要把我們當成和妳們一樣的師奶」的表情，我忍不住笑了起來，但其實我心裡也有同感，因為我們是島主朋友的朋友啊，而且，還住在裴帥曾經睡過的房間耶。

那位師奶參加了兩千人的旅行團，前一天才從日本來到這裡。聽說東京已經額滿，她還特地跑到名古屋，才終於順利擠進了這個團，連她自己都說：「很了不起吧。」

她又說：「不管來幾次，還是覺得很棒。」於是我們問她：「這不是妳第一次來嗎？」她回答說：「我很資淺，這只是第二次。」

我真的要感謝這些日本師奶。她們不是隨宣傳起舞，也不是受到大牌評論家的影響。她們主動發現了韓劇，然後就像地中海的岩漿一樣、像海嘯一樣掀起了一股韓流，不顧一切地深陷其中，改變了日本，完成了外交官、德高望重的學者和藝術家都做不到的事。相較之下，我只是跟屁蟲，但也在韓流中墮落了。

韓流消除了我內心的惶恐，不僅如此，甚至讓我感到幸福。這一年來，我完全上了癮，同一齣電視劇可以連續看好幾遍，很耗時間，卻欲罷不能。

這麼沉迷好嗎？而且很花錢耶。

師奶都很寂寞，整天無所事事。人生的終點在望，家裡只有邋遢的老頭相伴。當初因為有點戀愛的感覺，或是奉父母之命相親結了婚，終於發現夢寐以求的轟轟烈烈不可能實現。即使當年是因為深情相愛而步入禮堂，這份熱情也無法持續。如今，根本不願意讓老公觸碰自己的身體，甚至和老公對看兩相厭，也不想和任何人上床。根據以往的經驗，她們很清楚接下來會是怎樣的情況。她們不想再使用肉體，因為既麻煩又煩人，但仍然希望有戀愛的感覺，渴求心靈的滿足。如果兩個人用生命相愛，不知道會是怎樣？一個人還不行，得要兩個人才行，這是必要條件。而且，大部分韓劇都沒有性愛的場景，就連接吻的鏡頭也很少，最多只是摟住脖子擁抱，表現得恰到好處。再加上連續劇中的韓國男人可以面不改色、大大方方地做日本男人覺得丟臉的事——把玫瑰花排成心形，或是在車禍昏睡時呼喚著心上人的名字，或是為了心愛的失明的女人自殺，捐出自己的眼角膜。但是，稍微用理智想一下，就覺得這些行為很愚蠢。雖然理智不容許矛盾的存在，感性卻是矛盾的熔岩。做什麼都無所謂，再芭樂的劇情都沒關係。

那些看韓劇的師奶都是突然從女人變成了母親。我們這種年紀的人，無法干涉兒女的結婚或戀愛問題。雖然一眼就可以看出女兒的男朋友很沒出息，但年輕人正愛得火熱，身為母親的又能說什麼。更何況我自己的婚姻也失敗了兩次。不過，韓國的父母太了不起了，如果父母反對，子女絕對不可能結婚。父母都大剌剌地表現他們的強勢、自私和勢利，看得日本的師奶也躍躍欲試，因為韓國的母親替日本師奶出了一口氣呢。韓國的父親在家中也有絕對的地位，兒女向父母打招呼時，必須連磕兩、三次頭。當父母離開後，年輕人又再度陷入戀愛的糾結中賺人熱淚。韓劇的世界太自由自在了。

故事的情節不是問題，反正就是訴諸於情。男女之間的堅定戀情，家人感情的深厚，朋友之間的自我犧牲。完全大打溫情牌。

韓國人一定覺得面無表情或臉上掛著虛偽笑容的日本人很噁心。

日本師奶的世界只有自己和家人，幾乎不具有社會性或是客觀性。因為一旦具備這種東西，就無法保護家人。但是，不是金髮碧眼的外國人，也不是日本人，而是長相和我們相差無幾的鄰國韓國人居然完成了這項壯舉，所以就不知不覺地陷了進去。於是，我來到了南怡島。

第三天，我們從東草前往板門店。我以前從來沒有想像過韓國的大海，只夢想過希臘的海。韓國幾乎算是一個島國，海十分漂亮，愈接近三十八度線的海愈藍，因為那裡有層層鐵網封鎖。板門店就和電影〈ＪＳＡ共同警戒區〉一模一樣，那部電影的拍攝成本應該很低。

民族分裂很可怕。日本人無法理解，矢矢子和我都不再說話。

韓國的朋友說，三十八度線阻擋了日本受到共產主義的影響，而且，日本還在韓戰中賺了一大票。

「朝鮮從來沒有侵略過其他國家。」那當然啦，韓國人的感情都對內，在那裡消耗了愛憎，根本沒有餘力對外。北韓和南韓都是同一個民族在內耗。我的心頭掠過這些想法，如果被韓國人知道，恐怕會殺了我。

兩班宗親為了祖墳的事就爭吵了三百年。

我也是師奶，師奶都過得渾渾噩噩，完全沒有發現多年未使用的感情袋子根本全都空了。看了韓劇之後，才不斷把各種感情裝進感情袋子裡。如果沒有看韓劇，可能到死都不會發現。這就是人生。但是，可以從電影裡的這些虛構故事得到如此滿足，根本是賺到了。

我和矢矢子吃了很多鮮紅超辣的韓國料理，回國後，連大便都是紅色的。

母親茫然地躺在床上。我帶了切好的番茄、加了砂糖去探視她。她對甜食的記憶並沒有遺忘。

我請她坐在椅子上，餵她吃番茄。

「好吃嗎？」我問。她回答：「不難吃。」我大聲笑了起來，母親也跟著笑了。

我讓母親躺下後，自己也躺在她身旁。

我總是躺在母親身邊，撫摸著她冰冷的手。曾經豐腴的母親，如今只剩下皮包骨，人老了就是這樣。因為我常常鑽進母親的被子，所以，母親也會邀幫傭躺進她的被子裡，「來這裡睡一下。」

我想起了今天早上的夢境。

戰爭結束時，母親才三十多歲，要養育五個孩子。有五個孩子的母親很了不起。戰爭結束後的那兩年，家裡都靠母親去黑市對著俄羅斯人和中國人叫著「相公，相公」地賣東西養家。母親去黑市後，父親整天靠在壁爐旁，流著鼻水，讀安徒生和格林童話給我們幾個孩子聽。父親在戰爭結束後就變得很窩囊。母親從黑市回來總是神采奕奕，從包裹裡拿出用在黑市賺到的錢買的高粱和豆渣，得意地告訴大家自己有多機靈。我覺得那是母親這輩子最發光發熱的時期。

曾經有中國人開著卡車來家裡搶劫，從我和哥哥睡的房間窗戶闖了進來。因為是夏天，所以我們睡覺時都用蚊帳。父親正打算走出蚊帳，拿著手槍的中國人用中文說：「出來就殺了你！」父親乖乖地留在蚊帳中，母親趁這個機會從另一側溜出房間（母親聽不懂中文），從廚房拿了平底鍋和鍋蓋，在另一個房間的窗戶前用力敲打，大叫著：「有強盜！有強盜！」強盜聽到母親的叫聲嚇了一跳，只搶了一塊淡綠色的桌布就逃走了。母親的聲音至少傳遍了方圓一百公尺的範圍。

第二天，住在遠方的阿姨來看我們，稱讚母親：「妳真了不起。」母親真的是活力百倍。

父親老家務農，他在家中排行老七，所以只能用功讀書。所幸他的雙手也很靈巧，於是開始在家中用破布編鞋，做了很多布鞋。做滿十雙左右時，就把鞋放在馬路上，對我說：「妳來賣。」自己則在遠處晃來晃去看著我。當時我才七歲，就在心裡想「啊，我要保護父親」。我在七歲時，就已經是大嬸了。

有一次，父親不在家，中國人又闖了進來，想搶走家裡的燈泡。母親拚命做著手勢，讓我們小孩子排成一排，用她學會的少數幾個單字向中國人哀求：「我老公死在戰場上，家裡有五個孩子，我很辛苦。」中國人不由地對她產生了同情，沒有拿燈泡就走了。五分鐘後，死在戰場上的父親就晃回來了。

那時候，母親也活力充沛。

我覺得不光是我家的母親，許多家庭的母親為了熬過戰敗後的混亂時期，都使出了渾身解數。

任何女人只要在關鍵時刻，都可以變成頑強的大嬸。

這些昔日的大嬸、今日的師奶，在韓國和日本之間的堤防上打了洞，蜂擁而上，進軍韓國。

大眾層次的首度交流，就像海嘯般流向韓國（雖然不知道從韓國的角度是否認為這是交流）。

那個笑的時候露出矯正後潔白牙齒、脖子上圍著圍巾的年輕男人完成了這項壯舉。謝謝。

母親一天比一天更不像人了。她在失智後變漂亮了。

更奇怪的是，她的氣質也變得高雅了。

她正常的時候很粗暴浮躁，也很有活力。在她失智之前，和她之間的摩擦常常令我深感痛苦。在母親愈來愈不像人之後，我原諒了她。雖然很後悔應該在她失智前就原諒她，但我無法做到。現在覺得好像只有我賺到了。

「妳看，那裡有一個皮膚很白的人。」「哪裡？」「就在那裡啊。」根本沒有白皮膚的人。

母親得知我和住在日本的韓國人交了朋友後，用理所當然的語氣說：「不可以和朝鮮人當朋友。」

在北京和大連時，她也照樣說中國人是「清國奴」。

我猜想她在失智前都一直這麼認為。

如果母親還是師奶，現在只有五、六十歲，應該也會愛上露齒而笑的裴帥。母親沒趕上韓流，真是一大憾事。

二〇〇五年 夏天

二〇〇五年　秋天

×月×日

A出版社的Y編輯打電話來吵醒了我，他說截稿日要提前四天。「佐野女士，因為妳的稿子是手寫的。」「好。」我用開朗的語氣回答。離截稿期還很久，提前幾天也無所謂。

沒過幾天，我感冒了。因為感冒了，就名正言順地整天賴在床上。其實，即使沒有感冒，我也幾乎過著躺平的生活，深知自己就是一個懶鬼而心中極度憂慮。這十年左右，我的生活始終無法無憂無慮。我走到廚房，拿起鍋蓋。獨居生活時，蔬菜很容易乾掉，不然就是做了芝麻拌菠菜，就得連續吃三天。我把冰箱裡剩下的蔬菜統統丟進鍋子裡，加了足量的水同煮。加了番茄之後，就會有味道。舀了一口湯，發現很像透明的法式清湯，喝了一口，真的很好喝。洋蔥的甜、小黃瓜的清新和青椒的香氣都渾然成為一體。嗯？還隱約嘗到了茄子的味道。我每天都煮一大堆蔬菜，蔬菜很了不起。可以這樣嘗出蔬菜的味道，是因為我已經是個老太婆了。在加熱鍋裡的湯時，順便把高麗菜芯也丟了下去。我心不在焉地喝湯配土司，每天都吃相同的食物。

我心不在焉地看著電視，發現節目正在談失智的問題。「我發現我媽每天都煮相同的食物時，才終於驚覺不對勁。」什麼！我從去年七月開始，幾乎一整年都躺著看韓劇。因為得了癌症，切掉了乳房，所以覺得自己這種糜爛的生活也沒關係，也靠韓劇克服了抗癌劑造成的不適。太感謝了，我真幸福。唯一的困擾，就是發現下巴有時候會發出喀喀掉落的聲音，而且情況愈來愈嚴重。我不知道該去看哪一科，就去看了牙科。當醫生問我「妳是不是習慣用手托腮？」時，我十分驚訝，因為托腮這種事完全不符合我的人生志向。「沒有。」「那妳的脖子是否長時間轉向同一個方向？」「……」終於真相大白。「可能有吧。」可能？妳這個大騙子。「那以後盡可能轉向另一側。」

我沮喪地走回家，忍不住在心裡嘀咕，另一側是牆壁啊。雖然很寂寞，但還是戒掉吧。這時，我猛然驚覺自己變笨了。這一年，我幾乎沒有看書，此刻，我充分感受到這種愚笨已經滲透到全身。

這一年我完全沒有用腦，只用心而已。偶爾看的幾本書也都是和韓國有關的書籍，所以對韓國的歷史和文化有了一定程度的瞭解。兩班制度令人難以理解，我雖然不是朝鮮人，卻不由地產生了類似對祖國失望的感覺。不需要看司馬遼太郎的書也知道，朝鮮和日本在古代就有密切的關係，幾乎無法分割。

但是，我現在是日本人，我的祖國是四面環海的日本，歷史很悠久，之後還會有很長的歷史。即使我死了，人類的歷史仍然持續。

「妳是不是看太多韓劇，所以下巴掉下來了？」一位朋友特地打電話來嘲笑我，讓我內心惆悵不已，幸好下巴一個星期就恢復了。

我的聲音漸漸無力。我並不是基於自己的原則才不用文書處理機或是電腦，而是我無法使用按鍵超過兩個的機器，而且每次都因為無法搞定這種機器而火冒三丈。

買電車票時，也總是在車站的售票機前手忙腳亂，每次都聽到排在後面的人嘖嘴。我其實希望可以向窗口的大叔買車票。去銀行的時候，也希望在銀行的櫃檯向看起來就像銀行小姐的人領錢。

一回神才發現，自己徹底落伍了。我明確認識到，我的時代已經結束，我的一隻腳已經踏進了棺材。我在當今的時代已經沒有任何作用。怎麼辦？我的心臟還在跳動，即使已經雞皮鶴髮，但一時還死不了。

怎麼辦？Y編輯，真對不起，我已經落伍了，遺棄我吧。

電腦比明治維新更徹底改變了日本，不，電腦改變了全世界。啊喲，真可怕。我完全不想去月球，但我發自內心討厭這個世界，討厭這個社會。如果生活在江戶時代，我早就死了。鎌倉時代的平均壽命只有二十四歲，太令人羨慕了。

六十四歲的弟弟用手機和女兒互傳簡訊，這件事對我造成了極大的震撼。我雖然有手機，但幾乎很少使用。每次打電話都要翻開通訊錄，然後在手機上按下十一個號碼，麻煩死了。問我為什麼不在手機上儲存電話號碼？因為儲存電話號碼要按好幾個按鍵，這種事我可做不來。而且，手機使用說明書的文章算是哪門子的日文啊！

說明書上一堆搞不清楚是什麼意思的片假名，似乎一開始就認定大家都會使用手機。

我從小到大，國語都是五分，弟弟只有三分，現在卻和他女兒互傳簡訊。我問滿臉皺紋的弟弟：「你會用文字處理機嗎？」「嗯，會啊，但現在都用電腦了。」我說不出話。「我寫字向來很醜，現在輕鬆多了。」我太生氣了。「由美在蜜月旅行時還傳了簡訊給我，說『我結婚了，要離開家裡，爸爸真可憐，要一輩子都和那個女人在一起』，嘿嘿嘿。」他女兒口中的「那個女人」是她的親生母親。

他們全家都很猛。父女關係很美好。

「你什麼時候有手機的？」「我生日的時候，由美送我的。我忘了是什麼時候，反正很久了。」「什麼？「瑛子也會傳簡訊嗎？」「她什麼都不會。」原、原來我和什麼都不會的瑛子一樣。

聽說韓國的兒女都會送父母手機。我在心裡覺得六十四歲的弟弟很酷，也很嫉妒他。

我根本很少用手機，手機居然也會壞。我看著廣告傳單，想找小林桂樹代言的老人專用手機，兒子說：「那是不同家電信公司的手機。」「那該怎麼辦？」「如果妳想用那種手機，就要換號碼。」麻煩死了，算了。

「我幫妳買一支。」兒子說。我以為自己在做夢，連驚叫的聲音都有點發虛。既然他要送我，那我就不挑了，結果拿到了一台鮮紅的長方形新手機。為了向六十四歲的弟弟挑戰，我要求兒子「教我傳簡訊」。兒子為我建立了通訊錄，告訴我「先按這裡，再按這裡」。我拚命學如何傳簡訊，練得滿手都是汗。「這台手機可以拍照喔。」「不必了。」「還可以挑選妳喜歡的來電鈴聲，要不要幫妳設定成〈冬季戀歌〉的主題曲？」「不需要。」「還能聽廣播喔。」「沒必要。」在我學會傳簡訊之前，可以傳給你當作練習嗎？」結果，四行沒有標點符號、只有平假名的文章花了我三十分鐘，打完之後又是滿身大汗。發出去之後，立刻打電話給兒子。「有沒有收到？」「收到了，感覺像智障寫的文章。」我滿頭大汗地練了幾十次，終於漸漸適應了，但還是覺得很麻煩。為了減少字數，簡訊的文句變得有點像俳句，或是海報的廣告詞。

有一件事我很在意，傳簡訊只有文字，無法感受到對方的狀況，或者說是感情。打電話時會說「喂」，只要聽到「喂」，就可以知道對方的心情或狀況。我兒子不高興的聲音真的很讓人火大，接下來母子兩人會愈說愈想吵架，最後真的吵了起來，卡嚓一聲掛上電話，心情鬱悶一整天。

手機無法建立貼心的溝通，因為沒有肉體，只是紅色的長方形而已。

比方說，我傳簡訊給兒子：「麥可・傑克森無罪」，他只回了一句「玩一下小孩有什麼關係，畢竟是麥克啊。光男」。光男指的是相田光男[11]。如果是面對面，就不會聊這些內容。於是我透過簡訊知道，不是面對面交談時的對話比較輕率，或者說是輕鬆。

逃離了勁爆家庭的姪女，或許因為是傳簡訊，所以才寫得出那樣的內容。

我的生活圈是以心愛的床為圓心半徑五十公尺的範圍，對此我並沒有感到任何不方便。我一直以為都市很方便，兩個月前，終於有機會和人去了六本木之丘，從高處看著夕陽下的東京，還以為自己被推進了科幻世界。

放眼望去，到處都是像結痂般的房子，海洋冒險家堀江謙一獨自在大海中航行時，在太平洋正中央，望著海浪翻騰，應該就像此刻我的心情。暮色中的東京開始有燈光閃爍，美不勝收。在漸漸被染成青灰色的夜空下，無盡的東京充滿了哀愁，令人感覺格外惆悵。

這些像結痂般黏在地球上的東西都是人類的傑作嗎？我彷彿在看科幻電影中從

空中拍攝的都市鳥瞰圖，真實見識到人類傑作實在太巨大了。

大都市中宛如結痂般的東西是地球的癌症，不斷增殖的可怕癌細胞持續侵蝕著東京、香港、舊金山、倫敦和卡薩布蘭卡等各大都市。我也是侵蝕地球的癌細胞之一，我在這個癌細胞中，自己又是癌症病患，不久之後，就會因為癌症復發而離開這個世界。

雖然大家一臉得意的表情，以為「人類共存在這個地球上」，但地球真的能夠和猛烈增殖的癌細胞永續共存嗎？巨大的中國、印度和非洲也在努力增殖癌細胞，難道人類的基因中已經設定了這些程式嗎？

「我覺得自己好像變成了神。」我對同行者說。「妳真是鄉下人，可見這一趟來得很值得。」

11 日本知名詩人、書法家，曾寫下名言「遇到挫折有什麼關係，畢竟是人啊。光男」。

回頭一看，展望台內玻璃帷幕的咖啡店中，年輕情侶面對面坐著，正在約會。什麼？活生生的人正在約會！活生生的人太齷齪了。我好像突然看到了大便，當然，我自己也是超髒的大便。那些就像渾身閃著金屬光，走起路來硬梆梆的機器人，不吃不喝，也不排泄的人不應該出現在這裡；沒有思想，沒有感情，只有機能會產生反應的銀色或金色人也不應該出現在這裡。

「我覺得不舒服，下去吧。」回到地面，在咖啡店休息片刻後，我終於感到舒服多了。看到眼前的女生正在討論要吃中華料理還是蕎麥麵，我忍不住像好色的老頭想對她說：「妳臉上完全沒有皺紋，可以讓我摸一下嗎？」我也曾經這麼年輕過嗎？所謂年輕，就是不會注意到自己的年輕。只不過在轉眼之間，就會變成像我一樣的老太婆。啊，太開心了。我帶著好像第一次搭飛機出國時的興奮，倒在我心愛的床上。

啊，討厭死了，我再也不要去市中心了。我不喜歡這個世界，不知不覺中，這個世界變得愈來愈討厭了。高樓大廈到處林立，亮起的燈光宛如許許多多螢火蟲駐足，在那裡，我所不瞭解的陌生世界正不停運轉著，我也因此得以生存。雖然我賴以維生，卻讓我很傷腦筋。

滋滋滋。有傳真進來。因為我不用電腦，所以都用傳真聯絡。當我把傳真抽出來時，電話上的四方形螢幕變成了綠色，持續閃爍著。出了什麼問題？上次才換了傳真機，之前的傳真機在撕了紙之後就報廢了。我急忙按了停止鍵，螢幕變成了橘色，出現了「要按下小按鍵記錄嗎？」的字樣。哪個小按鍵？這個嗎？按下之後，螢幕又變成了粉紅色。又不是在酒店。我又按了兩次旁邊的按鍵，變成了橘色，閃個不停。

我的傳真機現在仍然閃著綠色的燈，顯示「色帶即將用完」。我檢查了色帶，明明還有很多，但傳真機的綠燈仍舊閃個不停。我搞不懂啦。我的時代已經結束了，我也一隻腳踏進棺材了。怎麼辦？過了兩、三天，它還在閃綠光，我火大了。我只是想收發傳真而已，有必要搞這麼難嗎？

「目前正在發送中」。我當然知道。「傳真已發出」。不用你囉嗦。

我的生活範圍只有半徑五十公尺，很少出遠門。

和朋友約在三軒茶屋見面。以前到三軒茶屋只能搭路面電車，車站附近有一些商店街，是個沒什麼好逛的冷清地方。不知道路面電車現在是否還在。我打電話問朋友要怎麼去，對方立刻傳來了簡訊，告訴我很多條不同的路線。因為太多選擇，反而不知道該怎麼選擇，只知道要先去澀谷再轉車。

搭電車時，看到兩個外國人。上車時，也聽到一個年輕外國人對著身旁的女生說：「這裡，左邊啦。」如果他不是外國人的長相，我會以為是日本人。

電車上剛好有座位，我坐了下來。有七、八個放學準備回家的高中男生站在門旁邊。雖然穿著學校的制服，但其中三個人的褲子垂到很下面，好像剛才去廁所褲子脫到一半就跑出來了。

站在離這群高中生遠處的年輕人穿了一條鬆垮垮的褲子，股溝都露了出來，用吊帶吊著，腰扭向一側。怎麼回事？這是時下的流行嗎？

話說回來，他們為什麼會想到這種打扮？我不由地感到佩服。不知道第一個想到這種打扮的是怎樣的人？那個人不僅想到用這種方式穿衣服，甚至還走到大馬路上。用這種好像上完廁所沒拉好褲子的穿著來表達自我主張，真是太驚人了。泡泡襪流行時，我也很驚訝，不知道第一個想到那樣穿的人是誰。不過，我覺得泡泡襪很可愛，如果我還年輕，也想要試一試。

但假使我是年輕男人，也會想讓褲子垂到露出股溝、站立的時候扭著腰嗎？我終於知道他們為什麼要扭腰了，因為如果不扭著腰，褲子就會掉下來。

電車到了新宿，我想要下車，那群高中生擋在門口不動。有很多人要下車，他們卻站著不動。「讓開。」我推開高中生。「搞什麼啊？」其中一人說。當我走到月台上時，聽到三個人同時叫著：「死老太婆想怎樣啊！」

換車之後，車上很擁擠。有一個外國人比我高出一個頭。那個外國人很漂亮，有點像漫畫《凡爾賽玫瑰》裡的歐思嘉，令人賞心悅目。

我看向前方，發現有一對情侶睡著了，女的睡得東倒西歪，簡直以為是在自家的床上。但她長得很漂亮。他們也正常地過著日子。

手上拿著名牌手提包，腳上的鞋子很有質感，黑色的夾克上別了一個蓬鬆的黃色胸針，臉上的妝也無懈可擊。

今天到電車上睡覺之前，她在出門前挑選了內褲和裙子，穿上絲襪，把臉用力湊到鏡子前，擦了粉底，刷了睫毛膏，雙手忙著化妝，身體不時向後仰，看著鏡子中的自己。她的母親或許問她：「妳要去哪裡？」她可能回答說：「不關妳的事。」臨出門前，還去上了廁所。

那對情侶用圍巾蓋著大腿，雖然在睡覺，手卻在圍巾下面動來動去。他們正在熱戀，也許在不久的將來，就會在男生的家裡談分手，兩個人撕破臉。唉，活生生的人的生活真麻煩。我又轉頭看向一旁嘰嘰喳喳聊天的兩個女人。

說著「是啊，是啊，就是啊」的女人戴著耳環。啊，她在買這副耳環時，也曾經猶豫了半天，還考慮到自己的經濟狀況。這個女人也有母親，她的母親每天都吃三餐。這個女人和她的女伴聊天的內容很奇妙，她始終只說「是啊，是啊，就是啊」。啊，這個人也是活生生的人，每天洗臉、洗澡。雖然離我只有十公分左右，我卻對她一無所知。唉，好累。這裡擠了那麼多活生生的人，有時候和陌生人緊貼在一起，比做愛時靠得更緊，骨頭都快被擠斷了。仔細想一想，就覺得噁心極了。我急忙抬頭看向掛在頭上的海報，不知道是哪家不動產的廣告，海報上畫了插畫。這個畫插畫的人不知道能不能靠插畫養活自己，不知道有沒有家人。也許他是在青山某棟小公寓內的設計事務所接案子。啊，累死人了，不去想這些了。

活生生的人真的很辛苦。我的目光從海報上移開，看向另一側的男人。那個男人正在專心傳簡訊。他八成在電車上無事可做，所以養成了在電車上傳簡訊的習慣。這個男人也是在家門口穿上鞋子後才出門，不知道他的襪子有沒有洗、誰幫他洗的襪子？活生生的人近在咫尺，逐一觀察的話會把自己搞瘋，難怪我偶爾搭電車就累得精疲力竭。不把這些陌生人當成透明人，我根本沒辦法搭電車。適應是重大而神聖的本能。六本木之丘下方的癌細胞蠢蠢欲動，蓄勢待發。這輛電車上的人應該都有手機吧。

二〇〇五年　秋天

電波在地球和繞著宇宙跑的衛星之間穿梭，手機居然就通了。我搞不懂原理，只記得該按哪個按鍵。我們的生活受到這些連原理都搞不懂的事物影響，啊，太可怕了。如果試圖搞懂原理，恐怕就活不下去了。

話說回來，真累啊，累得流出一身冷汗。

回到家後，傳真機還在閃著綠光。

Y編輯，真對不起，我馬上就把稿子傳真過去。雖然我不知道閃著綠光的傳真機能不能順利把稿子傳出去。我的時代已經結束了，我的一隻腳也已經踏進棺材了。雖然不知道我是因為看太多韓劇變笨了，還是年老癡呆了，反正落伍的老人就是這樣，緊緊巴著年輕事物和時代的老人很難看，也很討厭，但想到女人的平均壽命有八十五歲，就更累了。

二〇〇五年 秋天

二〇〇六年 冬天

×月 ×日

電話鈴聲響了。這一陣子很少有人打電話找我，社會已經漸漸把我遺忘了，搞不好連朋友也忘了我。「我現在在吉祥寺，妳今天在家嗎？」「在啊。」「那我去妳家，家裡有吃的嗎？」「有啊。」卡嚓一聲，電話就掛斷了。她是我的堂姊桃子。她每次講電話聽起來都好像在生氣，但我已經習以為常了。她在電話中不說廢話，我常常和人在電話中聊很久，說一大堆廢話，但和桃子通電話時，說的話不會超過三句。當她問我：「家裡有吃的嗎？」我回答：「什麼都沒有。」她就會說：「那我帶東西過去。」「嗯。」然後就卡嚓一聲掛斷了。「妳今天在家嗎？」「啊，我要出門。」「是喔。」卡嚓。

桃子是我伯父的女兒，戰爭結束那一年，她十五歲，我才七歲。桃子讀書時完全是舊學制，我接受的是戰後民主主義教育。她在讀女子學校時，因為「學生動員令」，每天都要去挖松樹的根。據說松樹根可以用來提煉飛機的燃料。桃子每天挖著樹根，每天都在想，啊，日本會輸，日本要靠松樹根來提煉油，絕對會輸。結果，日本果然輸了。

「我永遠不會忘記那一天，聽到玉音放送[12]時，我太開心了，而且那天天氣很好。啊，我從此不必再挖樹根了，我自由了，可以做自己想做的事了。」第二天，她就從疏散地的父親老家獨自回到東京，回去之前的女子學校上課。

我常常佩服桃子正確的果斷力、執行力和獨立。隔年三月，她從學校畢業後，進入壽險公司S生命，一直工作到退休。

她十一點半上門了。她身上總是穿著筆挺的西式服裝，姿勢挺拔，很有威嚴，看起來很像英國的家庭教師。她的服裝超越了流行，無論三十年前還是現在，都維持一貫的「桃子款式」，卻完全沒有落伍的感覺，也可能落伍的感覺早就和她如影隨形了。她經常穿布料很高級、做工很考究的裙子，搭配一件圓領襯衫，脖子下方戴著一個圓形胸針。「桃子，妳平時都去哪裡買衣服？」「丸善。」「是喔，原來丸善有賣西服。」「我從來不去丸善以外的地方買衣服。」除了桃子以外，我認識的朋友中沒有人去丸善買衣服。有一次，朋友送我一把英國製的高級黑傘，外面用的是丸善的包裝紙。我難以相信這個世界上有質感這麼高尚的傘。

桃子今天穿了一件胭脂色小花襯衫，和相同布料、但小花中有直條紋的裙子，領口戴了一個浮雕胸針。「看起來很貴喔。」我說。「很貴啊，因為我錢太多，沒地方花。如果妳缺錢，我可以給你。」我知道只要我開口，桃子真的會給我。「我不知道自己還能活幾年，我決定想吃什麼就吃，想買什麼就買。」桃子無論吃什麼都吃得津津有味，吃起來速度也很快，因為當年她在發育期間曾經飽受飢

12 「玉音放送」指第二次世界大戰戰敗時，日本天皇在廣播中宣布無條件投降。

餓。我吃東西的速度也不遑多讓。

昨天晚上，我吃了什錦蒸飯、炸牡蠣、味噌湯和醃蘿蔔。

「啊，每天都可以吃飯實在太棒了。」

她在吃飯的時候說：「我做夢都沒有想到，自己有生之年可以這麼享受。電視上整天都在演美食節目。」

桃子很生氣，雖然她的聲音和電話中一樣，但我知道她在生氣，我也很生氣。「搞什麼嘛，我最無法原諒的就是那些腦袋空空的小女生，裝出一付很內行的樣子，用可愛的語氣說什麼『這種溫順的口感』或是『調味很銳利』之類的屁話。那種年輕小女生懂什麼美食。」「我覺得那麼年輕的小女生不配吃美食。」我們愈說愈激動。「對啊，她們連地瓜葉都沒吃過，有什麼資格說美食。洋子，妳也沒吃過地瓜葉吧？」「開什麼玩笑，我還吃過麥麩呢。桃子，妳沒吃過麥麩丸子吧？」桃子有點不甘心地說：「我倒是真的沒吃過。」我有一種勝利的喜悅。「爛地瓜發黑的地方也很難吃。」我們停止競爭，開始走共鳴路線。「還有地瓜粉做的地瓜圓，外面是看起來髒兮兮的淡綠色，有點透明，我這輩子再也不想吃那種東西。」「呵呵呵。」桃子的笑聲很可愛，笑容更可愛。「我第一次吃霜淇淋時，還以為自己在做夢。銀座有一家美軍商店，只有那裡有賣。當時我月薪才十五圓，一個霜淇淋就要八圓。」桃子從年輕時就很有魄力。「我當時想，原來我們在和吃這種東西的國家打仗，難怪會輸。」桃子對吃的問題很執著。

桃子常常用這句話當作標點符號，只要聽到她說這句話，我就會痛快地附和：「沒錯、沒錯。」

桃子突然說：「有一件事我很生氣。廣島的慰靈碑上居然寫著『錯誤不容重演』，到底是誰的錯誤啊！是美國投下原子彈，根本是他們的錯啊，現在卻……」桃子哽咽起來，說不下去了。這番話她至少在我面前說過兩百遍了。年輕的時候，我以為她是右翼分子，但隨著年紀的增加，我的思想似乎愈來愈右派了。「都是教育失敗，我們學的是教育勅語，朕惟我皇祖皇宗。」桃子好像在唸經，一口氣背了起來。她果然是右翼分子。「『惟』是古字，是認為的意思。」這我不知道。

之後，她又開始背神武、綏靖、安寧、懿德……等歷代天皇的名字。我輸了。「天皇要負起戰敗的責任，那時候應該判處他死刑。」沒想到她又一下子跳到如此激進的言論。「但是，既然現實生活中有天皇，就應該表現出有天皇的樣子。」什麼意思？「就是A報啊，說『陛下吃了什麼什麼』，應該用敬語才對啊。還有，報上大剌剌寫著『天皇陛下和美智子夫人』，這怎麼行呢！要寫『天皇陛下暨皇后陛下』才對。」喔，原來還有這些學問。

桃子不喜歡看電視、電影和小說，成年之後遇見她，聽到她說「我只看小林秀雄和吉田健一的書」時，我十分驚訝，但和她相處愈久，愈覺得的確是她的寫照。至於音樂，她只聽古典音樂，我猜她不認識任何藝人。她從十幾歲就開始學中提琴，一直練到七十幾歲。

我討厭音樂，尤其是西洋音樂，從古典音樂、爵士到搖滾，統統討厭。我只有語言方面的專長，所以只聽有歌詞的音樂。西洋音樂是這個世界上最沒用的東西。

我最無法理解那些年輕人彈著吉他，好像鸚鵡學舌般地用英語痛苦地嘶吼著。

我曾經問過年輕人那些人為什麼要這麼做。「阿姨，他們想當美國人。」如果被桃子聽到，她一定會氣瘋吧。我在成年之後，向桃子學寫書法。桃子有可以教書法的證書，她的字寫得很漂亮，對舊假名和舊漢字很嚴格。我曾經問她：「為什麼不再練字了？」

桃子回答說：「我只能寫出字帖上的字，無法變成自己的字，應該是我缺乏才華。」能知道自己沒有才華很了不起，練了幾十年後才發現這件事也很了不起。

桃子向來不下廚，只會做燙菠菜和洋芋沙拉。

她在燙菠菜時會把整株菠菜放進鍋裡涮來涮去，她說這樣可以燙得均勻，不會過熟。我也學了這一招。她在做洋芋沙拉時會趁馬鈴薯還熱熱的時候，擠入一顆檸檬汁。這一招又被我學了起來。我到東京上大學後，桃子請我吃的第一道菜就是含羞草沙拉。洋芋沙拉裡加了通心粉，上面放了炸雞肉，蛋黃像含羞草般散開。那次是在銀座的餐廳，當時覺得很時尚，也很豪華。

畢業之後，我在日本橋的一家百貨公司上班，桃子的公司則在丸之內。我們相約見面。當時她應該也請我吃了美食，但我只記得她在丸善買了一套綠寶石色的毛衣和開襟衫送我，很高級，之後只要有重要場合，我都會穿那套衣服。

「因為妳看起來很落魄，很可憐啊。」別人一眼就可以看出我口袋空空嗎？我不由地同情自己，忍不住流下了眼淚。我最喜歡顧影自憐，但是，我很了不起，很有活力，並不覺得自己可憐。對我來說，貧窮是理所當然，我走在路上照樣大搖大擺。

我笑起來很大聲，向來不是溫柔婉約的女人。

血緣關係太美妙了。

但是，我曾經和桃子兩度斷絕來往。

東京奧運時，我家沒有電視，我忘了那時候她住在哪裡，總之，我去了她家。電視上正在轉播日本體操隊的比賽，那時候日本的體操隊很強。

我腦袋空空地看著電視，只希望日本隊贏。日本人為什麼只有在奧運時才會愛國？平時誰說愛國，就會遭到白眼。

我也是奧運愛國者，呆然地看著電視。桃子在紙上記錄分數。她買了豆皮壽司，就這樣放在桌上。「要不要裝盤子？」我問。她回答說：「不用，反正味道都一樣。」我吃著豆皮壽司，繼續呆然地看電視。

我說：「日本人真吃虧，又矮又胖腿又短，即使技術相同，動作也不如別人好看。」桃子語氣有點強烈地說：「技術才沒有這麼膚淺，不是憑外表打分數！」我生性不服輸，當然不可能就這樣閉嘴。我當時為什麼沒有發現我們本是同根生，脾氣也很像？「評審都是男的，如果蘇聯的××××斯嘉婭做同樣的動作，絕對是她的分數比較高。」「洋子，妳真是太惡劣了，才沒有這種事，這是在比賽技術！」這時已經苗頭不對了。她站了起來，可能打算去泡茶，把記分數的紙交給我。「妳幫我記錄分數。」「好。」一開始，我還乖乖記錄著電視角落出現的數字，不一會兒，我又開始發呆，忘了這件事。桃子走回來時，把紙拿了過去，突然對我大聲咆哮：「妳是白癡嗎？我不是叫妳記錄分數？妳在幹什麼啊？」我一臉茫然，而且，我不知道她為什麼要把分數記錄下來。「妳太白癡了，是不是又在發呆？我不是叫妳記錄分數嗎？」我第一次看到她生氣的樣子，覺得「她有病」，忍不住火大起來。這可能就是所謂的「自家人互槓」。我也對她大吼一聲：「莫名其妙！」然後用力關上門，怒氣沖沖地回家了。之後，我和她將近十年沒有來往。那時候她還年輕，我也很年輕，彼此生活都很忙碌，並沒有把絕交這件事放在心上，偶爾回想起來，只覺得她是「怪胎」。

十年過後的某一天，玄關突然響起桃子可愛的聲音。「我是桃子，呵呵。」她好像什麼事也沒發生似地站在門口，我覺得應該是「廣島的『錯誤不容……』」一番話奏了效，她的心情也終於平靜了。

「我還有兩百六十一天就退休了，我實在太開心了，每天睡覺前都在月曆上打一個叉。」她說話的神情，好像搶了三億圓的凶手在倒數計時，等待追訴時效失效。「還有兩百二十一天。」我彷彿聽到她一直在數饅頭。「我領的是公司的薪水，所以在上班期間是屬於公司的，沒有自我。妳不覺得嗎？上班族都是靠出賣勞力在賺錢。」真希望那些整天在說公司壞話、滿口抱怨的人聽聽桃子說的這番話。「但是，在公司上班，不是經常會發生一些不合理的事，或是很莫名其妙的事嗎？」我問她。「那當然啊，但我都完全照做不誤。出差的時候，還搭了飛機。」桃子生平最討厭搭飛機。「那種鐵塊做的東西在天上飛，實在太莫名其妙了。」雖然我也這麼覺得，但不至於像桃子那麼害怕。

「什麼？妳搭了飛機？」「因為是工作啊。」以前，她住在烏山的姑姑家，每天到丸之內上班。有一天下了大雪，她從烏山走到丸之內的公司。那時候她好像不到二十歲，太驚人了。

下班之後，她也走路回家，但天色已黑，路上幾乎沒有行人，她獨自走在甲州街道上，一位大叔問她家住在哪裡。「要走那麼遠的路，先去我家暖和一下吧。」於是，她就去了那位大叔的家。

「結果，他讓我坐在他家的暖爐桌裡，他太太還請我吃了烏龍麵。我那時候幾乎快凍僵了，如果沒有那位大叔，我恐怕真的會凍死在路邊。」那真是一個美好的年代，當年的桃子也是一個可愛勇敢的少女。

「我告訴妳，我剛進公司時，公司還沒有電腦。第一台電腦差不多有三張榻榻米那麼大，我好不容易學會了，也教會了手下的年輕人。我教會了不少人後不久，又引進了新的電腦，我又學會了，然後再教手下的人。之後又換了新的電腦，一直在重複這樣的過程。」啊，日本每家公司都有像桃子這樣的人，支撐了日本經濟的發展。我的工作簡直就像屁。無論發生任何事，都無法減少我對桃子的尊敬。

她說在工作期間整天加班，根本沒時間花錢，也沒時間花年終獎金。公司的人告訴她可以用年終獎金買自家公司的股票，她回答：「好啊，隨便你們怎麼處理。」之後就把這件事忘了。後來負責的先生向她提出建議：「佐野小姐，妳的錢已經累積了不少，要不要拿去買房子？」桃子又說：「隨便、隨便。」那位同事又幫她在吉祥寺找到了一間很棒的房子，桃子去看了之後，非常喜歡，於是立刻買下來了。如今，桃子就住在那棟氣派的公寓裡。「我運氣真好，那位同事真是好人。」我想，這是桃子無欲帶來的結果。之後，她又努力工作，繼續在月曆上打叉，終於光榮退休了。「我打算在退休之後，每年學會一首貝多芬的弦樂四重奏，總共十首。」她完成了這個目標，嚷嚷著：「天天都是星期天。」差不多那個時候，我再次和她絕交。

這次完全是我的錯。桃子認為土地是生命的根源，我們經過高爾夫球場時，她總是說：「這麼寬敞的地方，應該拿來當農田才對，用鐵鍬耕地，而不是揮球桿。」我也覺得她言之有理，但只是這麼覺得而已。我家的庭院種了草皮，草皮外側有三十公分左右的泥地。「在那裡種大豆吧。」有一天，桃子在那裡種了一圈大豆。「這個品種的毛豆很好吃。」她雙手扠腰，心滿意足地看著地面。「要記得澆水、澆水。」我每天澆水，不久之後就發了芽，也長出了葉子，還結了小小的豆莢。但豆莢扁扁的，我心想，桃子一定很失望，真傷腦筋。沒想到桃子剛好打電話來。「毛豆有沒有長出來？」我心慌意亂地回答：「被我吃掉了。」我至今仍然不知道當時為什麼要這麼說。桃子二話不說，卡嚓一聲掛斷了電話。之後，差不多有兩年的時間，桃子不再來我家。我住的房子建在瓦礫上，周圍的地面幾乎都是水泥，也沒有施肥，當然不可能種出豆粒飽滿的毛豆，而且，我也很清楚桃子對收成這件事有多麼執著。

我猜想她看到扁扁的豆莢一定很失望。

之後，她好幾次都數落我：「妳這個人太可惡了，簡直難以置信。」我自己也難以置信，為什麼當時會回答「吃掉了」呢？我從來不拿毛豆給桃子吃，我們兩個人都不願意回想起這件往事。

我們喝著茶，繼續聊天，但桃子從來不聊他人的八卦，也不會聊電影或電視。「有時候我在外面吃大餐時，發現周圍都是一些太太，三、四個人聚在一起吃大餐。每次看到我都忍不住火冒三丈，因為這些人的老公只能每天吃便利商店的便當。」一聽到我這麼說，桃子也跟著附和說：「對啊，真的很討厭。」然後，兩個人就開始數落那些家庭主婦，說得欲罷不能。「而且，愈是這種人，愈會對我說『妳是不是很有錢？』或是『妳當然有錢啦』這種話。我工作了四十年，當然有錢啊，又不是別人給我的錢，是我自己工作賺來的。」我眼前浮現桃子走在大雪中的情景，她的雙手發著抖。我回想起這一幕，聲音也忍不住發抖。「妳認識○○太太吧？她整天都說『反正妳很有錢』，她到底以為我年收入是多少啊。有一次我忍不住問她，她居然回答說『大約五千萬』。」桃子真的氣得雙手發抖。「妳、妳、妳知道日本有幾個人年收入有五千萬嗎？連小、小泉首相也……」「對啊，那些人太不瞭解世事了，真受不了。」「愈是這種人，結婚之後，老公就不會再買衣服送給她。她們當然也穿褲子，也穿胸罩，想要買什麼，只要存私房錢就好，這就是家庭主婦的能力啊。」「那些人以為別人都該幫她們打點好所有的事，整天都在埋怨，什麼事都怪罪別人。」我認識很多不是這種類型的優秀家庭主婦，雖然認識，但這種時候就暫時別提了……我和桃子一起大肆抨擊家庭主婦。「不過，家庭主婦的這種心態屬於結構性的問題，這是宿命，也難怪啦。」我做出了卑鄙的結論。桃子也有她的結論。

「唉，這一陣子我常在想，幸好我沒有結婚，沒有生孩子。大家都在為兒女的事操煩。」我不再說話。我結過兩次婚，又離了兩次，也生了不爭氣的兒女，只能繼續沉默。

「我做夢都沒有想到會有這麼幸福的退休生活。」桃子深有感慨地嘀咕著。「我覺得當年戰敗的時機剛好。」我回顧自己人生走過的昭和史，比我大九歲的桃子不同於我，戰敗時，她已經是個有思考能力的大人了。我們是昭和年代的孩子，邁入平成年代後，我們就是老人了。

「啊，幾點了？」「才兩點半。」「我要回家了，天黑了很可怕。」「有什麼可怕的？妳住的地方那麼方便，燈光也很亮，有什麼好怕的？」「有壞人啊。」

桃子說的話好像小孩子。

三點整，桃子在玄關深深地對我鞠躬：「我告辭了。」

她戴上帽子，抬頭挺胸，精神抖擻地走遠了。

啊，最後的女武士走了。

二〇〇六年　冬天

二〇〇六年　春天

×月×日

我還在睡覺，一隻被壓扁的、像蒙古相撲選手般龐大的大蟑螂在我下面掙扎。翅膀上有一公分左右好像編織出來的紋路，發出柔和的光芒。我整個人都嚇醒了。醒來之後，忘記剛才做的是可怕的夢，還是美麗的夢，也不知道自己的心情是好是壞。一個星期前，我跑了三趟老人醫院，檢查自己是否有失智的跡象，但醫院門診科別中沒有失智或是癡呆之類的字眼，而是稱為「健忘門診」。

我很火大，我對這種玩文字遊戲的事感到火大。「精神分裂症」稱為「統合失調症」，「失明」稱為「視障」。即使換了名字，狀況並沒有改變，不過是惡質的偽善。

為我看診的是不到三十歲的男醫生，皮膚很光滑，脾氣很好，感覺還很稚嫩。我渾身充滿了「這種乳臭未乾的年輕人，怎麼可能瞭解什麼是人生？」的想法，幸好我養成了面對醫生就會堆起滿臉笑容的習慣。醫生對我說：「樹、狗、汽車」。我腦海中浮現出狗站在樹旁看汽車的畫面。「等一下會再問妳。」年輕人說。接下來，他在桌上放了手錶、鉛筆等六樣東西，又藏了起來。這時，我的虛榮心開始作祟。搞什麼鬼啊！然後，他問了我六個白癡問題。

第二次時，坐在電腦前，要我回答好像幼稚園學童都可以搶答的問題。第三次又把我送進名叫「ＭＲＩ」、好像火箭一樣的地方。我去了那家醫院三次，三次都迷了路。失智離我愈來愈近了。

前一天，我準備去洗衣店，剛走到路上，立刻聽到背後有人叫我：「佐野老師。」「嗯？誰叫我老師？回頭一看，三個男女站在那裡。咦？我壓根兒忘了那天的那個時間約了人來家裡開會。我頻頻鞠躬道歉，三個人紛紛走進家裡，但我完全想不起來之前在電話中討論的工作內容。

我在泡茶、閒聊時，終於漸漸摸到了方向。我想起母親剛開始失智時，曾經努力用各種方式掩飾。

一旦想起來後，我就開始大放厥詞，變成一個傲慢的老太婆，暗想對方（最近工作上的合作對象常常和我兒子差不多年紀，或是比我兒子更年輕）一定覺得我是個腦筋很靈活的老太婆。上了年紀之後，臉皮愈來愈厚。我真的開始邁向失智之路了。

今天又去了老人醫院，要聽取之前做的檢查結果。如果已經進入失智初期，就要處理一些該處理的事，算一下手頭上的錢、辦理老人院的入住手續。獨居老人不能依靠別人，尤其我是自願過獨居生活。看起來養尊處優的年輕醫生把我的腦部照片放在看片箱上說：「妳的大腦很漂亮，前額葉有點萎縮，但以年齡來說，萎縮的情況還算好。」我被醫生稱讚了。然後，他拿出一張紙，上面有兩個正五邊形，左側用紅色原子筆在外側七毫米左右的位置畫了線，有些地方凸出來了。

據說右側是二十歲的平均能力，我居然全都超越了二十歲的能力〞記憶力特別優秀，所以有些地方凸出來了。我聽了不禁呆然，但很開心，也覺得渾身是勁。在心裡對著年輕醫生說了聲「加油」，便搭車回家了。

然後，又走錯路了，連續兩次走進同一條死胡同。

搞什麼嘛，我絕對已經失智了。那些檢查到底是怎麼一回事？醫學是什麼東西？回家之後，打開電視，第三頻道剛好在播討論失智的節目。醫生說樹、狗和汽車，和我做的檢查完全一樣，我嚇了一跳。電視上還要求觀眾做從一百依次減七的測驗，這我在醫院也做過。這些測試方法從二十年前一直延用至今，到底是怎麼回事？難道改用貓、飯糰和腳踏車就不行嗎？

之前櫻子說我有點奇怪，所以叫我去檢查。我打電話給她。「醫生說我完全沒有失智。」「是喔。」「說符合我的年齡狀況。」「是喔。」「還說我的記憶力超強。」

櫻子雖然嘴上說「那很好啊」，但語氣很不滿。「我家的人都很長壽，如果大家都死了，只有我一個人腦袋特別清楚，妳不覺得很可悲嗎？」我回答說：「我完全可以預料。」她自己也回答說：「我也完全可以預料。」然後，她突然說：「妳那麼健忘，是日常生活有問題，妳做事完全沒有任何章法。」「隨心所欲過日子很幸福啊。」「所以全都亂了套啊。況且，一輩子幸福不是很蠢嗎？一點都沒有樂趣可言。」「我希望老年之後可以幸福啊。」「話說回來，妳的人生很異樣，別人學不來，所以也沒關係。只是目前的生活太糟了，每天至少要外出一次才行。」「妳自己不也是整天窩在家裡嗎？上次還說出門的話，除了來我家，沒有其他地方可去。」「那倒是。」於是，我們相約要積極外出，去看歌舞伎、文樂或是落語，但我猜想只是說說而已。我愈來愈不會寫漢字了，覺得很丟臉，想買電子辭典。去了LaOX電器量販店，請店員教我使用方法，沒想到要按好幾次按鍵漢字才會出現，太麻煩了，乾脆直接放棄。於是，我找出了收在家裡的漢字速查字典，發現我全部會唸，但全都不會寫。「疏離」這兩個字會唸，卻不會寫。

連看到「戲弄」的日文漢字「巫山戲」也會唸，大腦到底是怎麼回事？身障者會受到同情和保護，因為我們通常覺得身障者是不會做壞事的好人。這根本是歧視，也會對身障者造成壓力。身障者也可以做壞事，這樣才和一般人完全平等。但是，大家對大腦有障礙的人都抱著侮蔑或是敬而遠之的態度，覺得大腦有障礙的人內心隱藏著可能會犯下可怕重大犯罪的危險因子。失智也要在病人的人格遭到破壞後，才會認定是癡呆了。但人格的範圍到底在哪裡？雖然有人說就是不再像以前那麼優秀，完全變了一個人，好像變成了外星人。但我並不覺得什麼都搞不清楚、變成像滿身皺紋的嬰兒般的母親是外星人。嬰兒會進而成為大人，生兒育女，生氣、哭泣、叫喊、歡笑，攢錢存錢。和媳婦不和的母親，和已經什麼都不知道的母親，當然是同一個人。為她換尿布時，看到滿是皺紋、已經發黑的異樣形體，覺得似乎不屬於這個世界。但母親靠這個屁股生了七個孩子，絕不是不知來自何方的外星人屁股。

大腦也和屁股一樣，形體會變得異樣嗎？即使異樣，母親會經用她的大腦和身體戀愛，用這個大腦說過小謊言或是中等程度的謊言，也唱過歌。那不是外星人的大腦，是人類的大腦。

電視專題報導了英國知名的音樂家因為罹患阿茲海默症，記憶只剩下七秒鐘（我的新知幾乎都來自電視，太羞恥了）。持續十年只有七秒的記憶，他太太問相同的問題時，他會回答，但七秒後就忘記了。

他的太太開始追求邏輯和理論，十年下來，不知厭倦地持續著。她哭訴著這條路很空虛，認為自己的老公已經死了，於是和他離婚去了國外。但之後又回來了，繼續不知厭倦地追求理論。

看完之後，我似乎瞭解到一件重要的事，原來英國人（？）是這樣。即使每天去看老公，他也會忘記，所以乾脆一個月去探視他一次就好，見面又忍不住淚流滿面。其實失去記憶又何妨，她的老公笑得那麼開心，對她發問的相同問題，也總是回答相同的答案。溝通並非僅止於語言，還可以藉由觸覺和觀察情緒。「今天是幾月？」「六月。」「不對，是五月。」「這是什麼？」「花。」「什麼花？」

「不知道。」「雛菊，是雛菊。」「這是什麼花？」「不知道。」太太再度流淚。

沉默的日本人經常讓人捉摸不透到底在想什麼，但在少量言詞背後的千里沃野，不是隱藏著深厚的惻隱之情嗎？我自以為了不起地產生了這些感想。

我吃了麵線和昨天剩下的芝麻拌油菜和烤油豆腐。吃完之後，發現冰箱裡還剩了醋醃小黃瓜和蘘荷，也一起吃完了。既覺得不滿足，又覺得已經夠了，搞不清楚自己的感覺。

四點左右，堂姊桃子上門。她今年七十六歲，一進門就說：「妳聽我說、妳聽我說。為什麼會有人對我說這種話啊？太過分了。M對我說，『桃子，妳不懂美食，只要份量足夠就好。』妳不覺得很沒禮貌嗎？」桃子和我都曾經度過飢餓的少女時代和青春歲月，對食物會過度反應。我們吃東西的速度很快，即使已經過了數十年，那種不知道什麼時候會被轟炸、不趕快吃完可能會被其他兄弟搶走的陰影仍然揮之不去。

桃子很大方，經常自掏腰包請我和M去吃貴死人的日本料理、壽司和鰻魚飯。

桃子和我經常討論，「吃這麼好吃的東西，搞不好會遭到天譴」，或是「想當年，做夢也想不到有機會吃這種美食」。

「M一付覺得我這個獨居老人很孤獨，所以才給我面子來陪我的樣子。她從來沒有挨餓過，難怪會有這種想法。」「是喔。」

「我比她大二十歲，對年長者怎麼可以說這種話？」我內心一驚，因為我也不知道如何正確使用敬語，搞不好對桃子的態度也不夠尊敬。

「我最生氣的就是她說餵貓吃鯛魚時，竟然用『請』這個字，應該用『餵食』才對啊。而且，餵貓吃鯛魚這件事也無法原諒，只要給牠吃小魚乾的頭就好了。」

桃子說，上了年紀之後，很多事都愈來愈看不順眼。我深有同感。孤獨的獨居老人身邊值得生氣的事情愈來愈少，所以開始對天下事、國家事發洩不滿。

即使日本的老女人為國家而憂，國家也不會有任何改變。天下和國家變得愈來愈糟，和五十年前相比，國家只是不斷在擴張罷了。

在電視上看到伊拉克戰火的街頭，有個張大眼睛、額頭發亮的遙遠國度少年，不由地想起十一歲就夭折的哥哥。哥哥的一雙大眼睛中充滿不安，瘦骨嶙峋的他額頭特別亮，然後就死了。五十年前，我根本不知道地球上有一個叫伊拉克的國家，更不可能知道住在那裡的人長什麼樣子。如今我已經變成老女人，雖然接收到無數無法歸納總結的資訊，但世界愈來愈難以理解。我什麼都不知道，甚至連一朵花的生命都搞不懂。

我只知道，到死之前，連自己也不可能搞懂。

我不知道時下的年輕人對食物有什麼想法。

桃子對一件事始終無法釋懷。她在廣播聽到一個四十歲的女人說：「吃營養午餐時，要求學生說『開動了』簡直是莫名其妙。」那個女人認為，營養午餐並不是免費供應，家長可是付了午餐費的。即使由國家補助，也是國民繳納的稅金。「不會吧。」我很驚訝。「他們在家吃飯時也不說『開動了』嗎？」「不知道啊，難以相信，太難以相信了。凡事都該有規矩，如果不懂規矩，人就完蛋了。」我不由地一驚，因為我這個人對規矩這種事也很馬虎，只在意那個女人家裡吃飯時會不會說「開動了」。不說「開動了」，要怎麼開始吃飯？不說「我吃飽了」，又該如何結束一餐？

「我太慶幸自己沒有生孩子了，我才不想讓自己的孩子活在這種世界上。」喂、喂！這時，我兒子剛好進門。「叨擾了。」桃子彬彬有禮地向比她小四十歲的男人打招呼。「喔，妳好。」兒子侷促不安地回答。雖然侷促不安，但這陣子他至少會向客人打招呼了，不久之前只會「嗯」一聲，更早之前，甚至懶得「嗯」一聲，只是翻一下白眼而已。我發現兒子這一陣子很健談。

我太驚訝了，不久之前還邋遢無禮的兒子，居然對桃子說：「現在的年輕人都很沒禮貌，根本搞不懂他們腦袋裡在想什麼。」

這才是讓我目瞪口呆的事。

是因為人會成長？還是他也邁向老化了？或是變得愈來愈保守？我搞不懂，也不禁呆然。

桃子在臨走時說：「洋子，妳教出一個好兒子。」啊喲喂呀，桃子果然沒生過孩子，所以很樂觀，不知道這個兒子曾經十年沒有開口和我說過一句話。我覺得既悲哀，又開心。

「你真了不起啊，居然可以和那個右翼阿姨聊得來。」我對兒子說，他居然反過來數落我：「我可以見人說人話，見鬼說鬼話，不像妳那麼頑固，以自我為中心。」

「哪有？」「妳看，妳從來不會坦誠地說『是喔』。」「但是我……」「看吧看吧，馬上就會說『但是』、『可是』這種話。」

「才沒有這種事呢！」「妳現在不是又說了『才沒有這種事』？」我無言了。因為我以前最討厭母親對著我大叫：「才沒有這種事呢！」我很沮喪，我變得和母親一樣了嗎？這是遺傳嗎？應該早一點提醒我，我會多加注意。

「我對別人也會這樣嗎？」「我怎麼知道？但八成有吧。」我這次真的無言了。

我默默地收拾垃圾，準備拿出去倒。

「你去倒垃圾啦，每次都要別人幫你倒。」「才沒有這種事呢！」兒子大聲叫道。

深夜時，奈良的妹妹打電話給我。

「姊姊，對不起。」「怎麼了？」「找到了。」「找到什麼了？」「媽的和服。」

妳也癡呆了嗎？不，妳是個性如此。不，可能還是因為癡呆。

不久之前，我打算把母親唯一留在我這裡的藍底白花和服送給妹妹。我知道妹妹穿也不好看，只是放在我這裡很礙事，但我又不想送給外人。

當時，妹妹回答說：「我不要，我從來不穿和服。」「咦？妳之前不是拿了媽的綠色大島和服，還有另一件宴會和服嗎？」「才沒有這種事，我從來沒看過，絕對不可能。」「是嗎？妳不是打算要穿嗎？還說想要兔子圖案的宴會和服。」「妳別說得好像真有那麼一回事，我向來不穿和服，以後也絕對不會穿。」我不喜歡母親的和服，即使再貴，我也不想要。「那麼，那幾件和服到哪去了？」「我怎麼知道？妳在家裡找一找，搞不好就找到了。反正不在我這裡。」當時她還說得信心滿滿，所以我忍不住發飆了。

「妳每次都這樣，之前那台中國相機的事也是。當時我就對妳說天下沒有絕對的事，叫妳不要說『絕對』這兩個字。妳可以為了毛巾放在哪裡這種無聊的事唸二、三十分鐘，對一些無足輕重的事，也整天把絕對、絕對掛在嘴上。太奇怪了，很莫名其妙，也讓人很火大。去妳家的時候，妳和妳老公一大早就在為一些無聊的事吵架，吵死人了。」「那是因為他是我老公。」「夫妻也就算了，妳對別人也這樣可是會惹人厭的。」「所以我打電話來向妳道歉啊。」「這和道不道歉沒有關係，不要認為自己的記憶絕對正確，而且，每個人都不完美。」妹妹難得很安靜，但我得理不饒人。「妳也老大不小了，差不多該覺得自己有點癡呆了。」妹妹居然順從地說：「是啊。」「所以，那件和服妳不要了，對不對？」「對，我不要。」「我知道了。」掛了電話後，心裡很不舒服，忍不住沮喪起來。我每次都這樣，只要一發火就失控了，早知道不應該說那些話。

我居然還好意思說妹妹這樣會惹人厭。

我很感激我的朋友還願意留在我身邊。我知道大家和我交朋友時，都在忍讓我，可能經常讓他們覺得「啊，她的老毛病又犯了」。別人只要發表任何意見，我立刻會跳到反對的立場。

回想起來，好像朋友聽到我的反對意見，都不再吭氣。

這就是成熟吧。我到底是在變成大人的哪個階段出錯了？愈想愈沮喪。妹妹現在不是很沮喪，就是很生氣吧。我是不是該立刻打電話去向她道歉？

不，她也不是傻瓜，她也有她的生存之道。我決定過一段時間再說，但不知道「一段時間」到底是多久，這段時間內，這件事一直掛在我心上。我這輩子永遠都在重蹈覆轍，犯相同的錯。

我終於瞭解，向自己妥協比和他人相處更難。這六十年來，我始終無法向自己妥協。

我最想斷絕來往的，是自己。

啊，難怪我的精神狀態出了問題。

所有的書都教人必須喜歡自己。每次看到這些文字，我都忍不住想「這麼做不就像傻瓜一樣嗎？而且會愈來愈傻。人一旦自戀，就不會再進步了。」即使是看書，我仍然堅持扮演反對黨的角色。

電視一直開著。我躺在被子裡看電視，發現正在演計畫暗殺希特勒的電影。整個國家都對希特勒唯命是從，他的親信中的親信也盲目聽從希特勒的命令。如果我是希特勒的親信，應該也不會表達意見，因為我怕被砍頭。比起數萬人的生命，我更怕自己性命不保。如果一時腦筋不清楚，安排什麼暗殺計畫，恐怕還沒有行動，就因為判斷錯誤而陳屍街頭。

如果我是希特勒的話怎麼辦？才剛開始想這個問題，就覺得很可怕，所以就放棄了。也許每個人都是小希特勒，又同時是深受壓迫的人民。有這種想法，是不是夠成熟了？

二〇〇六年　春天

二〇〇六年　秋天

×月×日

我今年六十八歲，有生以來，第一次完全啟動好色模式。偷腥、外遇、劈五個、八個，三角、四角關係都竭誠歡迎。條件只有一個，男人必須年輕，除非例外，恕不接受五十歲以上的男人，無論帥哥醜男，一概接受；心地善良，窮凶極惡都不拘……等等。

每天的生活都快活似神仙，宛如天空中自由飛翔的鳥。不管我迷上了誰，都沒有人會為我哭泣，我也不會受到任何傷害。這不是妄想，我是認真的。雖然會花點錢，但不至於傾家蕩產。

「韓流真的讓人幸福無比啊。」「我差一點溺死在韓流中，但現在回想起來都想吐。」「嗯，裴帥真的很噁心。」這是我和妹妹參加完喪事後，在車上的對話。開車的年輕人說：「妳們好過分，畢竟是曾經愛過的男人，不至於那麼糟吧。」「但是真的想吐啊。」「裴帥真可憐。」「啊哈哈哈。」無所謂啦。

我不瞭解妹妹的情況，反正從那天之後，我的好色模式就全面啟動了。

元斌是東洋第一帥，李炳憲是可以用喉結表達感情的演技派，崔民秀是年輕幹練美男子版的三船敏郎……原本以為是因為這些異國男人，讓我踏上了無盡的偷腥之旅，沒想到不久之後，我就迷上了香取慎吾。每天都想見他，終於忍不住去買了三谷幸喜的〈ＨＲ〉整盒ＤＶＤ回家，連帶地也對中村獅童動了心，真希望那個壞得無懈可擊的笨小子是我的兒子。

所以，即使這些演員傳出緋聞，我也覺得「有什麼關係嘛，他們是演員啊，我們並不追求品性端正的演員。況且，下半身的事，外人管不著啦。八卦節目上的大嬸不必那麼激動啦。在節目上火力全開的草野先生，你的人生沒有一點瑕疵嗎？我發現你在抨擊別人的緋聞時，神色有點緊張，眼神開始飄忽不定喔。」

大家要以杉田薰為榜樣，她是難得一見的出色女人。八卦節目會讓日本滅亡，不要不負責任地隨便指責他人，不要把正義和偽善混為一談。

八卦節目讓全日本的國民都變成卑鄙的人，就像國會的在野黨一樣。在遇事必反之前，先具體提出自己的政策啊。我並不認為執政黨很優秀，而是只會挑剔別人的立場太卑鄙了。如今，這些卑鄙的人好像反倒變成了正義的使者。

六十八歲的人整天閒得發慌，沒人想要理睬六十八歲的人。無論六十八歲的老太婆想幹什麼，都不會有人注意。寂寞嗎？開什麼玩笑。想到來日不多，就會想活得更精采，想有些非分之想。然後，繼續看電視。我之前就覺得，奧薩瑪·賓拉登的風格很出色，富有哲學而知性的外表優美靜謐，目光深邃。雖然全世界的人都憎恨他。

看到布希的臉，總覺得那是可恥人類的臉。我不知道賓拉登有多壞，但我們對真相一無所知，至少我缺乏判斷的基準。九一一死了大約三千人，但阿富汗和伊拉克死了超過四萬名民眾，這就是所謂的正義嗎？我並不是在談正義，而是在談人的外表。我不瞭解大膽執行恐怖攻擊的阿富汗恐怖組織的內情，也不知道阿富汗國民平時吃什麼，吹著怎樣的風，天空飄著怎樣的灰塵。

話說回來，其實賓拉登細長的臉型，留著鬍子，圍著頭巾的質樸民族服裝打扮很討人喜歡。

北韓的金正日一眼就可以看透，讓人安心。雖然安心，但很討厭，覺得他是一個壞蛋。只要讓人這麼想，他心裡就特別爽。

賓拉登或許和印度的乞丐散發出相同的氣質。為什麼印度的乞丐看起來那麼富有哲學性？

有人說，五十歲後就要對自己的長相負責。這是什麼道理？韓國的整型美女不都是請整型醫生為她們負責的嗎？

六十八歲的老太婆只能整天看著電視畫面中出現的臉。

電視中的臉沒有實體，只有外表而已。我愈來愈喜歡濱田幸一，他以前是國會亂象的中心人物，身為日本國民，我為他感到羞恥。

如今，在我的幻想中，如果讓我選擇要和三國連太郎或是濱田幸一約會，我會毫不猶豫地選擇濱田幸一，他實在太可愛了。

沒錯，年近古稀之年，男人幾乎全都變可愛了。我已經和性愛無緣，雖然是老太婆，但對是男是女的問題已經不在乎了。

搞不好我是靈長類的代表，可能是菩薩，也可能是惡靈。

我可以和任何人擁抱。如果再年輕三十歲，恐怕就不會和睽違二十年相見的資深美男子在玄關擁抱，問他：「最近還好嗎？」因為我不想讓人覺得我是個好色的中年女人，所以懂得節制自己的行為，也深諳自己所處的立場。在擁抱的時候，我忍不住想，喔喔喔，這些年你也辛苦了。當我感受著他的體溫、他的骨骼和他的皮膚，不禁覺得人真值得愛憐，真值得懷念。我覺得自己好像變成了詩人相田光男。

二〇〇六年　秋天

遇見一年沒見到的三十多歲女性朋友時，也會說「啊呀，好久不見了」，上前擁抱她。啊喲啊喲，妳的胸前真是波濤洶湧，超級有料啊，全身也很有彈性。在妳未來的人生路上，可能會有不少艱辛和苦難，但人生在世，就是不斷在克服困難。然後突然想到，我也曾經有過三十多歲的日子，只不過當時完全沒有意識到，活得太投入忘我了。嗯，忘我是怎樣的感覺，我完全忘記了。少女啊，人生苦短，戀愛吧。如今這個時代，三十幾歲還是少女。

女性朋友離開時，又再次擁抱。「今天真開心，下次再來玩。」

我和兒子吵架，在雨中開著車離家出走。無處可去，最後去了三天前才去過的離家最近的朋友家。

「我和我家的笨兒子吵架了。」我抱著那對夫妻的太太，也抱了她老公。「我家也正在吵架呢。」她老公拍著我的背說道。「雅美剛才衝出去了。」結果三個人同時說「你聽我說」，又同時笑了出來。「我只是問我兒子『你今天要出門嗎？』而已。」「我家雅美叫我不要盛氣凌人，我說我根本沒有盛氣凌人，她就說『你看，現在的態度就是盛氣凌人』。結果就愈吵愈凶，一直吵到國家的事，被她氣死了。」朋友的老公說著說著，眼中又冒著血絲。「我兒子對我說『誰叫妳把我生下來，煩死了』，不是只有國中生才會說這種話嗎？太氣人了。」我忍不住哭了起來，然後大家一起笑了。「人生為什麼老是有這些無聊的事？」因為實在太滑稽了，忍不住捧腹大笑，但心情還是無法暢快起來。

兩、三天後，我接到了電話，是雅美打來的。「我今天要回去了。」「你們和好了嗎？」「沒有，那天之後，我一直住在朋友家，所以還沒有跟他們說過話。我爸整天都在攝影棚，我很不甘心，所以要回去了。」「我家的笨兒子氣鼓鼓地回自己家了，啊哈哈。」「啊哈哈。」「保重。下次什麼時候回來？」「差不多半年就會回來，洋子阿姨，妳要保重。」「啾啾。」雅美回紐約了。

我又繼續窩在電視前。電視上正在介紹某個流浪狗收容所倒閉了，丟棄了幾百隻狗。義工把每隻狗關進籠子，照顧牠們，有些生了病，有些骨瘦如柴，惹人生憐。人類太自私了。但這麼一來，日本各地的愛狗人士一定會蜂擁而至跑去領養，結果會皆大歡喜。

兩、三天後，果然有數千人前去領養那些狗，造成了大混亂。太好了，太好了。但是，下一秒，我驚訝得說不出話。義工居然向打算領養的人提出了條件，也就是必須把狗飼養在家中，不能讓牠們住在屋外。

什麼？狗本來就是在戶外生活的吧，而且有些狗很大，並非只有小型犬而已。以前的狗都有各自的功能，牧羊犬、獵犬，而且幾乎都在戶外生活。因為狗是畜牲，不是人類。有些狗甚至在雪地裡拉雪橇。狗和人類在各自的工作中相互信賴，彼此相愛。

這樣的生活方式同時兼顧了狗的性質和本能。

都市的狗也發揮了看門狗的作用，很多家庭都會養狗防小偷，只要有陌生人靠近，狗就會大聲吠叫。我家鄰居的狗看到陌生人上門，就會縮起尾巴一動也不動；主人一回來，就發瘋似地狂叫。主人氣壞了，我們這些鄰居卻笑翻了。

聽說最近有人帶狗散步時，會把狗抱在身上。

唉，地球要毀滅了。生命體的本能一旦被剝奪，就會走向滅亡。人類的欲望不斷增加，本能幾乎已經變成一灘死水。人類和動物的差異，就在於本能中還包含了倫理。欲望不是權利，為了想要自己的孩子而借腹生子比犯罪更惡劣。而且，欲望可以用金錢解決。

人類會滅亡。

人並不平等，也許人類根本就沒有被賦予任何權利。

我這個老人對著妻夫木聰咧著嘴笑的同時，幾乎氣瘋了。

在狹小的家中發懶、發飆，是一種幸福。

我每週都得去一次醫院。因為骨頭痛，每次都要經過銀座去醫院打點滴。搭計程車很貴，今天決定自己開車去。我提前一個小時出發。

雖然曾經搭別人的車或是搭計程車去過好幾次，但還是擔心自己會迷路，所以還是謹慎為上。過了昭和大道後，就看到醫院的高樓聳立在左前方。過了橋之後，繼續往前開，醫院居然跑到左後方去了。

左轉之後，醫院又出現在右後方。我問了路人，「喔，就在橋對面，妳最好先過這座橋。」但是，這座橋不是剛才那座橋。過了橋之後，醫院又出現在右前方。我在醫院周圍繞了好幾圈，簡直就像鬼打牆似的。繞了四十分鐘，還是到不了醫院。

無奈之下，我只好停在一輛空的計程車前說：「對不起，請你去ＸＸ醫院，我跟在你後面。」於是，我跟在那輛計程車後面，三分鐘就到了。

這是我這輩子第一次沒有搭計程車，卻要付車錢。

我在床上躺了一個半小時，一邊看小說，一邊打點滴。小說寫一個男人記錄一個和企鵝同居、雖然還沒死卻快死的人走向死亡的過程。

回到家中，企鵝等在門口。男人走了幾步，企鵝跟了進來。企鵝平時都站在沙發對面睡覺，有時候會走過來，用頭摩擦男人的肚子。男人會帶企鵝去散步，但旁人似乎看不到企鵝，所以並沒有引起風波。

企鵝都吃冷凍鱈魚。男人出差時，拜託熟識的巡警去餵食，巡警欣然答應：「小事一樁。」

我想和企鵝同住。

我希望企鵝站在我平時看電視的沙發後面，和我帶著相同的心情一起看金正日。

看到細木數子一付和瀧澤秀明很熟的樣子出現在電視上，就忍不住火冒三丈，「這個全日本最自以為了不起的女人真讓人火大」、「她和瀧澤有一腿嗎？」回頭一看，企鵝也一臉氣鼓鼓地歪著脖子。

有時候會讓企鵝在加了冰塊的浴缸裡泡澡。有一天，電視上出現了一群南極的企鵝，企鵝「噢」地叫了一聲。於是我把企鵝送回了南極。

注射完點滴後等著看診，護理師手拿一個胸墊給我。「妳不小心掉了。」我原本放在被割掉的「胸部」位置，剛才不小心掉出來了。

這裡的年輕醫生太棒了，想到每個星期都可以見到這位醫生，我就忍不住去買新衣服。為誰？當然是為了自己的心情。如果主治醫生是一個傲慢的老頭，我搞不好會在睡衣外披上一件大衣就跑來回診。

「情況怎麼樣？」從夏目漱石的時代開始，醫生都會問病人「情況怎麼樣」。

「大腿根部不痛了，但這裡會隱隱作痛。」我摸著自己的大腿。

「這裡嗎？」年輕醫生摸著我的大腿。太驚訝了，我的大腿已經幾十年沒被男人摸過了。

頓時覺得，真懷念啊。

「不用擔心。」醫生出示了X光片。

原本疏鬆的骨頭竟然痊癒了。「醫生，謝謝你。」我發出像年輕女人般的聲音。

「不是我治好的，是藥發揮了作用。」（不，不是藥，是你啦。）「醫生，你太厲害了，謝謝。」「我也很高興。」醫生笑起來很可愛。

一走出醫院，我立刻打電話給朋友。

「我跟妳說啊，那個醫生有三個孩子了。」朋友笑著問：「所以呢？」我猛然清醒，兩年後，我就七十歲了。「沒什麼啦。」我獨自脹紅了臉。我什麼都沒想，只是看到瀧澤秀明和長瀨智也就很開心。愉快的心情有益身體健康。我帶著愉快的心情上了車，當我回過神時，發現自己來到了海邊。

我又開始在原地繞圈子。

繞完圈子後，發現自己在骨董街。

我累了。停好車，走進精品店，買了一雙原本根本沒打算買的靴子。

問題是，我都快七十歲了。

我在別人眼裡，到底是怎樣的老太婆？

回到家打開冰箱，發現冷凍庫裡有六包冷飯。

我把三包飯用微波爐加熱，把之前買的一盤兩百圓的鮭魚碎肉做的鹹鮭魚烤熟之後搗碎，做了三個飯糰。冰箱裡還剩了少許豬肉，就加了剩下的蘿蔔、蔥和壬生菜一起煮了湯。嘗了一口味道，覺得太清淡，於是加了韓國泡菜，味道保鮮盒裡還有蒟蒻、羊栖菜和胡蘿蔔炒成的奇怪的金平煮，也順便拿了出來。麴漬蘿蔔還剩三片，也放在飯糰旁，一起端到電視前的矮桌上，打開了電視。

又有一個遭到霸凌的小孩上吊了。

最近這類案件頻傳，這種事好像會傳染。

有一架飛機失事，就會連續好幾架飛機出事。

真可憐。

唉，人類已經走向滅亡。

小學五年級時，轉學的第一天，班上的男生小霸王就打我。回到教室後，全班男生都輪流打我。我沒有哭，他們打完後說：「她真的不哭耶。」我沒放在心上，也不覺得自己遭到了霸凌。一個星期後，小霸王教我騎腳踏車，在我學會之前，他幫我壓著行李架在後面奔跑，弄得滿身都是汗水和泥巴。

小霸王很快就被老師打了。有一天，小霸王終於和老師在走廊上單挑，打成一

變得很奇怪。

團，最後小霸王贏了。
下一個學期，小霸王當上了班長，老師和小霸王的關係很好。暴力太棒了。如果我這麼說，恐怕無法繼續活在這個世上。
曾經聽一個以前逃學的二十歲年輕男人說：「霸凌從早上醒來那一刻就開始，在吃晚餐時仍然持續著。」我忍不住倒吸了一口氣。
我在飯糰裡吃到兩根鮭魚的白色魚骨。
不知道那個孩子怎麼樣了？
不知道那些欺負他的孩子怎麼樣了？
今天的湯味道的確很奇怪，濟州島的湯味道更濃郁。
我曾經問一個以前霸凌過其他孩子、如今已經三十歲的人：「如果以前被你欺負過的同學來找你報仇，殺了你怎麼辦？」
「那也沒辦法，只能被他殺啊。」
曾經欺侮過別人的人，長大以後都這麼想嗎？

我還是窮學生時，和同學一起去海邊玩。我想買魚肉香腸吃，一個千金小姐的同學說：「啊喲，好噁心。」她叔叔在日本水產上班，家裡有很多魚肉香腸，在他們家，那只是普通的食物。她走在我身後時說：「佐野，妳的裙子怎麼鬆垮垮的，啊哈哈。」我去另一個同學家，帶了肉包子去，同學說：「好難得喔，妳會帶東西來。」那個千金小姐同學立刻說：「佐野很小氣。」我今年六十八歲，這輩子都不會原諒那個女人，我想要詛咒她死。沒想到她得了癌症，我慌了手腳，結果自己也得了癌症。詛咒別人會兩敗俱傷。

二〇〇六年　秋天

二〇〇七年　冬天

×月×日

我買了一台大電視，因為看電影時，看不到下方的字幕。我想買一台那種薄薄的新型大電視，走進附近的電器行，貨架上陳列了兩、三排薄型電視，我看不懂之間的大小差別在哪裡。我站在那些電視前，打電話給最近剛換電視的朋友。「你家的電視幾吋？」「三十七吋，怎麼了？」「我正在電器行，想買一台電視。」「啊，三十七吋剛剛好。」「嗯，謝謝。」掛上電話，我馬上咬牙買了四十吋的電視。

我獨居，家裡有三台電視。工作的時候，我也會開著電視，只是把聲音調到靜音。臥室也有電視，有時候早上一張開眼睛，發現電視還開著，因為我睡前忘了關了。

我只有在廣告時間才會做家事。

我也會邊看電視邊做家事，摘豆芽菜的鬚、切毛豆、剝栗子皮、包餃子等等。我也會在電視前刷鍋子。有一次，我發現刷好的鍋子竟然在旁邊和我一起看電視。有時候，低頭猛然發現腿上放著刷到一半的鍋子時，還真的有點沮喪。

電視這麼好看嗎？其實一點都不好看，無論看什麼節目都愈看愈生氣。大宅壯一曾經說，電視讓日本一億民眾都變白癡。其實那時候還沒有太糟。

這背後是否有國家政策在操控？

政府是否試圖把國民變成白癡，然後就可以胡作非為？也許外星人接到了來自宇宙的指令，準備毀滅地球。雖然我不知道其他國家的情況，但戴安娜王妃也是在被狗仔追趕中不幸喪生的。

九一一恐怖攻擊時，衿子剛好在我家。衿子家沒有電視。

家中有客人時，我會關掉電視。

電話響了。「媽，妳馬上打開電視！」我拿著電話，打開了電視，雙子星大樓的其中一棟已經倒塌，冒出濃濃的塵煙。接著，飛機正衝向另一棟大樓。「太可怕了。」我們相距兩百公里，在電話兩頭同時驚叫起來。

衿子靜靜地看著電視，然後開口說話了：「原來酷斯拉的電影就是這樣拍的。」很久之後，更覺得衿子說的完全正確。衿子靜靜地生活在自己看得到的世界中，有著不可動搖的世界觀。相較之下，我就像是資訊垃圾屋。

電器行的人員來裝電視。最先出現在畫面上的是味噌鯖魚。鯖魚差不多有一個座墊那麼大，我被嚇到了。

家裡的客廳太小，電視太大了。

每個客人一踏進我家就說「喔，這台電視怎麼了？」或是「好大」，我覺得好丟臉。

電視上演恩愛鏡頭時，我也會把頭轉到一旁。即使電視沒那麼大時，我也會轉頭。看到別人接吻或是做愛，會覺得很噁心，難以相信以前自己也幹過這種勾當。絕對是騙人的。

我之前以為是因為字幕太小才看不清楚。可是，這一陣子發現是電視台主播每分鐘說話的速度變快了，所以字幕也很快就消失了。每個人都愈來愈急躁了。大家都覺得持續看一整年的連續劇太累人，於是縮短到半年、四個月，如今變成只剩下三個月。

這是阿川佐和子告訴我的。佐和子是電視圈的人，我相信此話不假。

我覺得佐和子似乎和以前還沒進入電視圈時不一樣了。可以見到名人，讓我興奮不已。

她好聰明，反應很快，隨時都笑盈盈的，我覺得她很了不起。

有人說：「阿川小姐，妳開積架車喔。」她淡然地回答：「是啊，我開積架。」

我開的車當然不是積架，但即使我有錢，開積架車也會覺得很不好意思，到底為什麼？和佐和子道別後，我一直在想這個問題。

也許是生長環境的問題，當然，也和年齡有關。

一個人的生長環境很重要，那是無論怎麼努力也無法改變的。人無法擺脫自己生長的原點，即使以為自己擺脫了，身上仍然不斷散發出如影隨形地跟了自己數十年、肉眼無法看見的東西。所以我討厭民主主義。還是有A、B、C、D的階級之分才令人安心。我是農民的子孫，這合乎我的身分，也是我對事物的判斷基準。

我買了PRADA的皮包，拎在手上很不自在，每次在皮包裡找東西，都覺得自己配不上這個皮包。

客人來家裡，玄關有好幾雙鞋子，其中一雙鞋子有PRADA的紅色標誌。誰這麼囂張！仔細一想，原來是我自己的。所以說，人不該做不符合自己身分的事。好悲哀。

既然買了大電視，就去錄影帶店租了電影回來。

我雖然是女人，卻喜歡看戰爭片。

走到戰爭片的區域，從頭看到尾，都沒有我想租的。

我希望可以租到第二次世界大戰或越戰這類我對時代背景稍微有點概念的片子，並不是因為我喜歡戰爭，而是基於想瞭解人類為什麼一再重蹈覆轍，發動一些愚蠢的戰爭這種冠冕堂皇的想法。

我常常覺得，男人真棒。參謀的工作很有意義，攤開世界地圖，建立作戰計畫。說起來都是在虛擬的世界進行，並沒有看到戰場上的鮮血。這根本是最高等級的遊戲。

虛擬作戰和戰場沒有任何關係，在第一線打仗的都是身分最低的士兵。乃木上將因為缺乏戰術，導致六萬名士兵白白送死。

身分低下或不算低下的軍官，明知道會流血犧牲，還是照樣上戰場送死。真偉大。如果換成女人當士兵，不是逃兵，就是偷懶，或是挑撥離間，如果遇到自己不喜歡的戰友，或是大老婆和小老婆在同一個戰場，恐怕會在背後開槍，比殺敵人更加手下不留情。女人好像沒什麼道義可言。

目前世界上有很多女士兵，也許她們只是想展示巾幗不讓鬚眉。這麼一來，人類不就沒有男女之分了嗎？

聽到別人說女人是「生孩子機器」，女人根本不必歇斯底里地抓狂，只要面帶笑容地反脣相譏，沒錯沒錯，言之有理啊，只不過男人是種馬，比機器還不如，好好加油囉。

不要說什麼「生孩子的自由」、「不生孩子的自由」這種話，孩子是上天賜予的。既然是上天賜予的，就應該齊心協力地養育孩子。即使被指責不生孩子人生無法健全之類的，也不要隨之起舞。這個世界無法靠健全運轉，即使自認為健全，也可能只是一廂情願的想法。這個世界根本就不健全啊。

我到底在說什麼？

我看了〈硫磺島的英雄們〉（Flags of Our Fathers）和〈來自硫磺島的信〉（Letters from Iwo Jima），是兩部出色的反戰電影，讓觀眾充分瞭解戰爭是多麼愚蠢的行為。

克林・伊斯威特（Clint Eastwood）太了不起了。但是，美國仍然沒有停止伊拉克戰爭。為什麼？還不是因為美國人喜歡打仗嗎？世界太和平，太平靜，就會感到渾身不自在，所以欲罷不能。

以前，我曾經想到一個好主意，讓六十歲以上的失智老人和病人都去當兵，這麼一來，就根本沒辦法殺人了。

敵人也一樣。於是，年金的問題就解決了，在上戰場之前，可以買高額的保險，還可以為國捐軀，死得多光榮。不要說我殘忍，讓不良於行的老爺爺沒飯吃、活活餓死的行為更殘忍。唉，我在說什麼啊。

我目前為止看過哪些戰爭片？最可怕的是一部名叫〈納粹大屠殺〉（Conspiracy）的電影，整部片子完全沒有任何戰爭的場景，地點位在柏林郊區的格魯納瓦德（Grunewald），從空中俯瞰某個下雪的樹林，樹林正中央有一棟漂亮的房子。原本是猶太人的房子。這時，一輛、兩輛、三輛、四輛黑色賓士陸續聚集。畫面都是從空中拍攝，景色很美，卻讓人不寒而慄。十七、八名德國參謀會議持續進行，場景也都在同一個房間內，可能原本是舞台劇改編的。

在那次會議上，與會者商討如何殲滅猶太人。詳細情節有點忘了，不知道為什麼，希特勒並沒有參加那次會議，不知道是戈培爾還是誰滔滔不絕地演說民族血統的純正，大肆讚美有多麼優秀，然後，拐彎抹角地說有某個民族玷汙了這種優秀血統，從頭到尾沒有人提到猶太人。商討漸漸有了結論，最後決定要讓猶太人滅亡。整部電影只靠言語表達漸漸逼近中心，我聽不懂德文的微妙差異，只感受到逼近滅亡的用詞不斷升級。中途還有懦弱的軍人衝進廁所嘔吐。

從頭到尾都沒有提到「猶太人」、「滅亡」和「毒氣」之類的字眼，但與會者一致決定了二十世紀最大的悲劇。這是全天下最可怕的戰爭片，刺激又驚險。

雖然大家看戰爭片是為了避免再度發生戰爭，但觀眾尋求刺激，喜歡在流滿鮮血的戰場、慘叫的地獄中，尋求在紐約第五大街上找不到的極致生命光芒。真是傷腦筋啊。

以前，日本農村地區家庭中的二子或三子都會志願去當兵，因為可以減少家中吃飯的人口。現在美國也一樣，全美軍隊中，只有一名士兵來自國會議員家庭，其他全都是窮苦階級的子弟。這是我在麥可·摩爾（Michael Francis Moore）導演的紀錄片〈華氏911〉（Fahrenheit 9/11）裡看到的。字幕上寫著主演的演員是喬治·布希。

這些零碎的資訊都是我從四十吋電視上看來的。六十九歲的我在遠東的小島上，看著這些按各自所需匯整零碎資訊的節目，無論看了再怎麼生氣，或是捧腹大笑，都無法發揮任何作用。我像國中一年級的學生一樣，忍不住思考人到底為了什麼而生存這個問題，但還是想不透，只知道自己是多麼無力，只能隨心所欲地過日子。

我學會打麻將了。二十年前，我曾經試過一次，但覺得自己不適合，始終學不會，也沒有人陪我玩。不過，聽說打麻將有助於改善失智問題，我又開始學了。

雖然有三個人陪我打，但沒有人會算正確的台數，於是，必須找一位擅長算台數的人。

我邀了大山先生，他是麻將高手，轉眼之間，我們其他人全輸得精光。平胡、斷么九、聽牌、懸賞牌、咚咚、裏懸賞牌加一台、咚。麻將似乎有我所不知道的基本規定，大山先生瞪著桌上的香菸和打火機說：「不要把其他東西放在桌上！」「好、好。」其他人急忙把燒酒兌水放到地上。雖然我的麻將技術很差，但我常常為了讓手上的牌賞心悅目而做起大三元或萬子的牌。我特別喜歡萬子，也很喜歡中、發、白，一有機會就碰。而且，我只顧自己手上的牌，把沒用的懸賞牌打出去時，就聽到大山先生小聲罵我：「死也不要把懸賞牌丟出去。」然後，又接著說：「胡了。」原來他就在等這張牌。

雖然我很不會打牌，但也不想胡一千點的小牌，所以每次都做大牌。

上大學之前，我對麻將一無所知。在我家，不知道是因為父親痛恨娛樂，還是沒有那個閒工夫，上了大學之後，我總覺得那些打麻將的同學都是壞學生，更覺得麻將可能是通往黑暗世界的入口，內心感到害怕不已。

有一次，我到同學家去住，正好附近大寺院的兒子，和他的朋友——五金行的兒子，還有全學連[13]的某大學委員長也在。他們要去大寺院打麻將，我也一起跟去了。我獨自在一旁玩耍，聽到他們不停地喊「聽牌、聽牌」，每次都讓我很緊張，因為我父親名字叫「利一」[14]。總覺得父親的名字好像被他們叫得很俗氣。除此以外，還有「吃」、「碰」、「門清」、「綠一色」之類一大堆聽起來不像日文的術語，「萬子」等聽在耳裡也感覺很齷齪，我愈來愈無法接受麻將了。

而且，寺院兒子和五金行兒子喜歡我。那時候我應該還沒有進入發情期，只是拒絕了兩個年輕男人說：「不要。」然後就沒有多想，可能甚至沒有想到被人拒絕會受傷。

歲月宛如夢境，或者說像惡夢般流逝，如今我已近古稀之年，經常開車經過那家大寺院旁。雖然我已經離了兩次婚，但每次經過大寺院旁都忍不住有點懊惱，如果我嫁來這裡，不知道人生會有什麼變化，搞不好只是再多離一次婚而已。

那一次，我完全沒有摸牌。

兒子二十五、六歲時，我得了自律神經失調症和憂鬱症，整天像大便色的菜蟲般窩在家裡。那時，兒子的朋友會來家裡陪我打麻將。實在太難了，我的大腦缺乏玩麻將的內建功能。我是笨拙的初學者，他們居然說要賭錢，我只好不停地付錢。感謝那幾個年輕人心地善良，願意陪我玩。

雖然從其他年輕人口中得知他們曾經私下說：「零用錢沒了，要不要再去痛宰一頓？」我只能無力地嘿嘿乾笑。雖然我繳了不少學費，卻始終沒有長進。

五、六年前，在北輕井澤發呆時，朋友嘆著氣說：「有沒有什麼事可以做啊？閒得發慌，要不要來玩超級比一比？」六十歲的老太婆玩超級比一比，還會出現「中藥」這種題目，非常有趣，但玩了一個小時就膩了。不一會兒，其中有一個人說：「要不要玩麻將？妳稍微會一點吧？」我完全不會，但立刻察覺那個女人

13 全日本學生自治聯合會。

14 日本的聽牌叫「リーチ」，發音為「rii-chi」，利一的發音為「ri-i-chi」，兩者發音相同。

屬於麻將性格，而且也有麻將頭腦，所以不是很樂意。外面下著雪，靜靜地下著雪。我們沿著一片白茫茫的山路下了山，到了遙遠的上田，買了麻將回來，還順便買了麻將教學書。

我們看著書開始學打麻將，果然不出所料，那個女人確實具有打麻將的素質。我不停地輸，輸的感覺和憂鬱症的感覺很像，活著卻像死了一樣，無聊透頂。

雖然分不清是好是壞，但我胡了很大的牌，大贏了一票。

我自己也搞不懂是怎麼回事，但接著又繼續輸。那個女人毫不掩飾看不起我的眼神。

我胡了「大三元」，連我自己都很驚訝。「太好了，洋子，下次搞不好可以胡大四元。」但是，笨蛋還是笨蛋。

上次，有一位在關西女子麻將賽中得到冠軍的女性朋友來家裡打麻將，她太強了，但她也不會算台數。咦？原來不會算台數也沒關係，只要能贏就好。大山先生很快就算好了台數。

買了大電視時，我裝了有很多電影和戲劇頻道的有線電視。我隨便亂按，發現有一個頻道在打麻將。

我躺在床上，看職業高手怎麼打麻將。他們簡直就像在變魔術，接二連三地摸到自己想要的牌。但是，職業高手在打牌時一點都不高興，全都沒有吭氣，氣氛很陰森。打麻將的時候當然要鬼扯才開心啊！男演員萩原聖人也和職業選手一起打牌。這一陣子很少看到他出現在電視上，自從模仿裴帥在〈冬季戀歌〉中說話的聲音後，都一直在打麻將嗎？那些職業高手幾乎都有一張好像麻將牌般的四方臉，油亮亮的，曬得很黑，身材有點橫向發展。但萩原是個帥哥。不然就讓他當我今年的男人好了。

我知道自己會輸，但還是努力玩到最後，不輕言放棄。因為人生中，逃避是卑鄙的行為。我一直以為不能中途放棄，但我現在知道了，高手都看遠不看近，看著麻將遠方的希望，誰都不知道自己的人生路上會發生什麼事。不能只看眼前，必須眺望遠方的美麗風景，腳踏實地活在當下。我終於領悟了這個道理，然後又一直看著打麻將的頻道。

前天，我又打了麻將。在學了職業高手內心深處的哲學後，我有生以來第一次大獲全勝。

「妳今天運氣真好。」麻將腦女人心有不甘地說。

「不是運氣，是我進步了。」我繼續還擊。麻將腦女人胡了一副一千點的小牌，露出心虛的眼神看著我說：「妳一定很不以為然，這麼小的牌也胡。」「才沒有呢。」「不，妳的眼神根本就是不以為然。」「是啊，我的確不以為然。」——啊，太爽了！

晚上睡覺時，眼前浮現自己想胡的一手漂亮大牌，然後又從眼前消失。我這輩子曾經有過兩次類似的經驗，一次是在迷上和服時，只要閉上眼睛，自己買不起的和服就會一件一件出現在眼前。如今卻正熱中於打麻將這種蠢事，我開始厭惡自己。

我在錄影帶店租了兩個版本的〈丹下左膳〉。

這兩個版本分別由中村獅童和豐川悅司主演。

兩部片子的內容完全相同。

原著林不忘的名字出現在螢幕上。啊，我知道這個名字，是很久很久以前的人，但我沒有看過他的任何書。

兩個版本的內容完全相同，穿的衣服也一樣。兩個獨眼小混混都身穿白色的便裝和服，大搖大擺地走路，和服紅色內襯若隱若現，可以清楚看到腿毛。然後開始瘋狂砍人。故事太無聊了，無聊到無法說出到底哪一部稍微好一點，但我目前喜歡中村獅童，所以感到心滿意足。

獅童在三谷幸喜的〈ＨＲ〉中也是演小混混，但很可愛。他在歌舞伎中也會扮女裝，倒下時有女人的味道，無論看幾次都覺得好美。

二〇〇七年　夏天

×月×日

岡本鹿子曾經在晚年寫下「……我的生命卻更加絢麗燦爛」的詩句。年輕時，我看不懂這句話的意思，以為鹿子與眾不同，可能上了年紀後仍然媚力四射，畢竟她曾經和一平、以及比她年輕的戀人一起住在同一個屋簷下。

年輕的時候，至少我的心曾經絢麗燦爛過嗎？

不知不覺，真的在不知不覺中過了這些年，驀然回首時，已經六十好幾。

我完全忘了自己絢麗燦爛的生命。

這一陣子，覺得絢爛歸於平淡的心態反而輕鬆，啊，我已經受夠了男人。

社會愈來愈開放了。

看到年輕情侶在大庭廣眾下卿卿我我，只有現在還會陶醉在其中吧，上帝會為你們安排男人和女人合而為一的瘋狂時間，如果沒有這種錯覺，男人和女人怎麼可能結婚？好好生這場戀愛病吧，症狀愈嚴重，煩惱就更多，快感也更強烈。以前的人甚至願意為了這場病捨棄生命，為愛殉情。

不知道他們知不知道婚禮進行曲和切蛋糕是這場大病的顛峰，之後就停滯不前，把一輩子份的笑都笑光了。真是想像力不足。我討厭參加婚禮勝於老年人的葬禮，有一種於心不忍的感覺。從此之後，生活就和絢麗燦爛的生命無緣了。生孩子是一件嚴肅的事，雖然痛得想死，但沒有兒女的家庭不算家庭。即使辦理了結婚登記，也只是同居。不，應該說是合法同居，因為是合法妻子，也衍生出各種權利。

生活是持續不斷的無趣而單調的工作，但是，如果少了雜事，人就無法生存。如果追求絢麗燦爛的人生，就會發展出婚外情。在我這種老太婆眼中，婚外情簡直就是犯罪行為，但在當今的時代，或許對這個問題的看法已經改觀。我從十八歲就知道，數十年的夫妻生活很痛苦，忍耐這數十年，全都是為了「老來伴」，為了兩個無法再有任何絢麗燦爛生命的人，能夠坐在簷廊上，削著柿子，默默地喝茶。

老太婆已經原諒了老公的外遇，帶著平靜的心情，暗自覺得「如果沒有我，他根本沒辦法過日子。對啊，所以他終於還是回到了我的身邊」。

至於老公，膀胱已經無力，也知道自己因為女人的事，讓老婆傷了不少神。因為被老婆握住了把柄，所以在家時對老婆言聽計從，兩個人淡淡地、放心地過日子，早就忘了絢麗燦爛的心。結婚是為了經過歲月的淬鍊，建立彼此的信賴，經歷風花雪月和狂風暴雨後，靜靜地在一起共度晚年。在結婚所衍生的諸多雜事中，雙方帶著無償的愛，共同養兒育女。然後，兒子娶了兩老不滿意的女人當老婆後，即使生了孫子，也仍然沒把兩老放在眼裡。兩老雖然沒有說出口，卻如同喝同一杯水般了然於心。十八歲的我就知道，這就是結婚的目的。但我還是離了兩次婚，別人一定覺得我人格有問題。沒錯，我也完全無法相信自己的人格，甚至憎恨自己的人格。

事到如今，已經七十歲了，無論有任何重大發現，都為時太晚了。

每次遇到男人，比起當對方的女朋友，我更喜歡當普通朋友。

所以，我有很多男性朋友，而且之後都會發展成雙方家庭之間的往來。

我六十多歲時曾經對男人說：「真的很慶幸沒和你上床，一旦上了床，我們就不可能成為這麼多年的朋友了。」「真的是這樣。」「幸好沒有和你上床，否則很快就會分道揚鑣。」「我們太聰明了。」至於男人回答的話是否出自真心，就不得而知了，搞不好有一點謊言的成分在。於是，我覺得自己能夠理解那些色老頭的心情，理解他們看到年輕女人流口水的心情。

變成老太婆後，我看到已經一大把年紀的老頭子一臉親切地靠近時（假設有這種情況），就會立刻覺得「喂，喂，你都已經是老頭子了，未免太過分了吧？」頭都已經禿了，身體又腫成那樣，渾身上下都是皺紋，太過分了。然後，我猛然驚覺忘了自己是老太婆這件事。從來沒有人說我看起來比實際年齡年輕，即使是奉承話也沒人說過。

我就像深海鮟鱇魚一樣，眼睛不長在臉上。

無論如何，我都無法擁有絢麗燦爛的戀愛心情了。

即使比我年輕十歲的男人，也年近六十了，在覺得姊弟戀好像也沒問題的下一秒，立刻知道是自己想太多了。

二十歲的男人和三十歲女人之間轟轟烈烈還沒有問題，但年近七十的女人和年近六十的男人卻不可能譜出戀曲。況且，即使太陽從西邊出來，也不可能出現這樣的奇蹟。奇妙的是，年近六十歲的男人遇到的女人愈年輕，愈容易被吸引。

如果老男人有女人緣，必定是金錢和名聲發揮了作用。

或許也有既有錢又有名聲的女人，如果有年輕男人試圖接近，即使男人本身沒有心懷不軌，全世界的人也都會認為他居心不良。

喬治亞．歐姬芙（Georgia O'Keeffe）九十多歲時交了一個二十多歲的情人，這是例外，不是奇蹟。伊迪絲．琵雅芙（Edith Piaf）有個年輕的戀人，這也是例外。例外不是奇蹟，而是特別。但普通的老太婆身上絕對不可能出現例外。

有一天，我發現自己活了數十年，完全沒有參與到絢麗燦爛的生命這件事。

各位都知道韓流熱潮是怎麼回事吧。

韓劇用扭曲的方式觸動了師奶內心虛構的絢麗燦爛，所以，我也一頭栽進去了。話說回來，那一年真快樂。我一整年都在床上靠左側躺著，把絢麗燦爛的生命寄託在裴帥、李炳憲和柳時元身上，結果下巴脫臼了。當醫生問我有沒有一直做相同的姿勢，我立刻知道問題出在哪裡。回過神時，就像吃了太多巧克力後，看到巧克力就想吐的小孩一樣，只要回想起韓劇，就覺得渾身不舒服。

不知道日本其他師奶怎麼樣了？現在應該都變成老太婆了吧。

我在抽屜裡找東西時，找到一個封面是裴帥露出一口白牙微笑的名片夾，我嚇了一跳。

兒子說我：「太過分了，妳不是曾經愛過他嗎？」

那是我去濟州島時買回來的。在熱潮過後，我的冒牌絢麗燦爛之心積滿了灰塵，不知道死到哪裡去了。

即使真的死了也沒關係。

況且我兒子都即將年屆不惑了。

我的生活沒有任何不自由，每天都幸福快樂。能夠和年紀相仿的老太婆一起看一整晚參議院的選舉快報，真是太幸福了。

民主黨幹得好啊！

〇〇〇一臉欣喜若狂地出現在畫面上，然後又不見了，不一會兒又出現了。

「我問妳喔，如果這個大叔每天回到妳家怎麼辦？」「饒了我吧，這種醜八怪對我說『我回來了，我要洗澡』？」「妳果然沒辦法接受。」

赤城大臣貼著ＯＫ繃、一臉寒酸的樣子出現在畫面上。

「渡邊某某呢？」「那個人的臉上到底擦了什麼油？」「好像不是植物性的油。」「當然啊，那是他自己的油光。」「政治人物都特別有活力，都這把年紀了。」「不知道是當了政治人物後，自然變得健康有活力，還是只有健康有活力、精神狀態耐操的人才會當政治人物。」「兩者皆是、兩者皆是。」然後，我們都驚覺一件事。

即使剛才露過臉的人再度出現，我們也叫不出他們的名字。「啊！這個人、這個人。」「咦？他叫什麼名字？」「忘了，唉，真討厭，一秒鐘就忘了。」然後，我們都忘了自己已經年屆古稀，還對上了年紀的政治人物說：「討厭這種老頭子。」「為什麼都已經禿了，還要拚命把頭髮黏在頭頂上。」「怎麼辦？」「踢出去、踢出去。」這是平民百姓的樂趣。

「安倍搞不好真的是笨蛋，他真的很不懂得察言觀色，很遲鈍。因為太遲鈍了，所以周圍的人都覺得他對任何事都不為所動，是一個無能的人。」「我討厭他。」「為什麼？」「反正就是討厭。」「他長得還不錯啊。」「討厭。」我周圍還真的沒有一個人喜歡安倍。

話說回來，我們這些老太婆即使看著選舉快報中出現的男人，人生也已經沒有任何絢麗燦爛了。

NHK有一個名叫〈漢詩紀行〉的節目，江守徹用著凝重得讓人有點不好意思的語氣朗讀杜甫、李白這些我也知道的詩人所寫的詩詞。節目的背景是壯觀的山川風景，好像是加了色彩的中國水墨畫。我家的紙門破洞時，父親就會用毛筆寫漢詩，貼在紙門上。

書法是父親的強項，他當年用捲紙洋洋灑灑寫了求婚的信給母親的父母，因為字寫得太漂亮了，祖父驚嘆不已，立刻答應母親的婚事。聽到江守語氣凝重地唸著「有朋自遠方來，不亦樂乎」、「一杯一杯復一杯」時，我突然懷念起死去的父親，於是一口氣把NHK十卷〈漢詩紀行一百選〉DVD全都買回家了。

死去的父親，和我坐在一起聽、一起看「田園將蕪胡不歸」吧。死去的父親愛喝酒，所以才喜歡李白嗎？

一個莊嚴穩重而有力的男人，站在美麗的中國水墨畫般的大河奔流影像前，用

二〇〇七年　夏天

粗獷的聲音朗讀著漢詩。

死去的父親，你看到了嗎？聽到了嗎？死去的父親喝酒時，有時候興致一來，就會隨口吟唱著「溫泉水滑洗凝脂」。

父親的聲音還真不適合吟漢詩。

所有的藝術都很情色。

我是否在江守徹的朗讀中尋求絢麗燦爛的心？

我很容易沉迷。繼漢詩之後，又迷上了三谷幸喜，把他所有以前的電影和連續劇一齣不漏地看遍了。

因為我想重溫，乾脆把所有ＤＶＤ都買回家了。

每看一部戲，就會愛上某一個劇中人物。看〈ＨＲ〉時，我喜歡劇中的木工○○。

〈奇蹟餐廳〉中的松本幸四郎讓我著迷，我看了好幾遍ＤＶＤ。至於〈古畑任三郎〉，我每次都喜歡凶手，如果凶手是女人，就覺得任三郎的裝模作樣也很棒。宮○官九郎也一度是我的最愛。

最近也熱中一部連續劇，但我想不起劇名。因為想不起劇名，絕望、灰心和悲傷湧上心頭。

劇情說○○○二十七歲就接棒成為黑道老大，不知道是因為太笨還是不學好，一大把年紀了還在讀高中。白天穿制服，晚上恢復黑道的身分，穿著黑色西裝，腳踩白色漆皮皮鞋，大搖大擺地邁著外八字，率領比他年長的小弟在街道上火拼。

我太喜歡○○了，他實在是個美男子，可惜我想不起劇名。

那時候，我將所有絢麗燦爛的心都奉獻給了○○。在此期間，我又老了一歲。

新年時，我開始認真思考今年要把這顆絢麗燦爛的心託付給誰。

我當時決定了人選，但現在已經忘了。而且，時下的年輕男子看起來都大同小異。

當覺得他們很像時，更記不住他們的名字。年輕女演員更是好像一個模子印出

二〇〇七年　夏天

來的，比男人更難以辨別。啊，我已經落伍了。

再找出以前的電影重溫一下好了。

我看了〈北非諜影〉（Casablanca）。亨弗萊·鮑嘉（Humphrey Bogart）飾演瑞克，英格麗·褒曼（Ingrid Bergman）飾演伊麗莎。

我的心比之前迷戀○○時更絢麗燦爛好幾倍。

鮑嘉目送褒曼離去的背影，和最後一幕丟香菸的鏡頭都那麼迷人。

簡單來說，我的大腦接收新資訊的腦細胞已經死光了。

在現代醫學中，腦死就判定為死亡。

我已經是半個死人了。

我曾經買了一本以前買過的書，看到最後才發覺「我以前看過」。

我在佐藤家看了一部老西部片，電影結束時，佐藤說：「啊，我看過這部，現在才想起來。」

嘻嘻嘻，太開心了。

「喂，麻里，那個給我一下。」

「那個是哪個？妳不說我怎麼知道。」

「就是那個啊、那個啦。」「我不知道是哪個啦。」

有時候會聽到類似的對話，但有時候也會聽到「麻里，那個給我一下。」「好。」

那個、這個、這裡、那裡。說話中充滿了代名詞。

同年紀的人聚在一起時，「那個」、「這個」、「那一個」不斷，誤會不斷，也不斷會錯意。整群都是半個死人的老人。

大家的絢麗燦爛生命不知道何去何從？

上次聽到佐藤說：「這張照片角落的美女是○○。」搞不好男人永遠無法放棄追求絢麗燦爛的生命。

搭電車時觀察了一下，年輕的美女面前，一定會有老頭子。

那些老頭子會不知不覺地被吸引。

年輕美女發現老頭子站在自己面前，就會讓座給他。老頭子不知所措，只好口齒不清地道謝。

每次看到這一幕，我都忍不住在心裡「呵呵」發笑。

老太婆不能被年輕美男子吸引。

老太婆都故意換手拿皮包，或是站在回頭看著窗外的人的面前，希望對方可以起身讓座。

比起絢麗燦爛的心，務實更重要。

色老頭是天下公認的。

但色老太婆會被當成瘋子。

這一陣子，有時候我會想到要做什麼而站起身來。

但是，站起來之後，就馬上忘了自己到底為什麼站起來。

只好呆然地站在原地。這種情況每天都發生好幾次，所以我常常呆若木雞地站著。

當年，我發現母親呆然地站著，才發現她開始失智了。

這種情況令我不寒而慄，但聽到朋友也呆立在原地，拚命打自己的腦袋叫著：「快想起來、快想起來！」內心不由地鬆了一口氣。

年輕時，只要有男人在場就喜歡賣騷的那個女人，現在是老太婆了，不知道變成了什麼樣子？還在整天賣騷嗎？果真如此的話，真想親眼見識一下。

我很喜歡的服部阿姨九十多歲後，仍然十分可愛，腦袋很清楚，也很幽默。她和我母親同年，那時候，母親已經失智超過十年，整天躺在床上。我以為服部阿姨會腦袋清醒地走完這輩子。

人生很無情。

有一次，服部阿姨連續寄了好幾次橘子給我。我很受打擊。

中元節到了。

我列了一張表，訂購了中元禮品，把紀錄表放進了抽屜。

兩、三天後，我看到那張表，發現忘了已經寄了中元禮給其中三個人。我還不到七十歲，卻做了和九十歲的老太太相同的事。

二〇〇七年　夏天

服部阿姨九十多歲，仍然可愛而有魅力。
不知道她怎麼運用她絢麗燦爛的心。
她曾經教我很多山上野花的名字。
我很高興地一一記下這些名字。
阿姨的別墅有很多野花，她送了我一些，我把它們種在山上房子的庭院裡。
差不多兩年左右，我沒去山上的房子。
我一直掛念著蓮華生麻和山桔梗。
好不容易來到山上的房子，發現我的擔心成真了，到處長滿了雜草。
我急忙開始拔雜草，沒想到以前記住的野花名字全都忘得精光了。
「這種粉紅色的是什麼花？」「……」「這種黃色的呢？」「……」
「這是蓮華生麻。」「根本還沒開嘛，這個呢？」「那是雜草。昭和天皇說，沒有一種草是雜草。」我說著廢話，覺得自己好像漸漸被霧包圍，這就是所謂的悲哀嗎？

庭院裡多了很多小〇〇，這些小生命激發了我的喜悅。
遠處的〇〇長得好大好大，顏色濃得令人驚訝。
我心跳加速。
〇〇和〇〇也還活著。我心裡也綻放無數鮮花，高興得想跳起來。
這就是「我的生命卻更加絢麗燦爛」。
不需要什麼木村拓哉，也不需要〇〇了。
一隻身上有著紫色花紋的黑鳳蝶飄然落在矮桃上。
喔喔喔，宇宙真是充滿生命、充滿絢麗燦爛的生命啊。
無論是〇〇還是〇〇〇，都比任何美女和俊男更楚楚可憐，更充滿生命活力。
傍晚下起了大雨。
雷聲帶著猛烈的聲音和閃電震撼著房子。
雷也是短暫一瞬的絢麗燦爛生命。更加用力地閃電吧，更加瘋狂地雷鳴吧。
晚上睡覺前，已經忘了到底是昨天打雷，還是今天打雷。稍微想了一下，想起是今天。

這是漸漸走向失智的老人的失智報告。

二〇〇七年 夏天

二〇〇八年　冬天

×月×日

笑笑堂來家裡。我從來沒有看過笑笑堂精神抖擻、活力百倍的樣子。他走路的樣子就像瘦長的殭屍被風吹過來。十次有九次都在擤鼻子。他的外形有點像梵谷留了白鬍子，臉型也很像。但和笑笑堂相比，梵谷感覺活力充沛，渾身散發出過度強烈的瘋狂，而且很低俗。

我第一次看到笑笑堂時，渾身如沐春風。原來像他那樣也可以活下去，也有資格活下去。

笑笑堂是二手店老闆，平時蹲在北輕井澤超市走廊上，地上堆放了幾件二手商

二〇〇八年　冬天

品，微微地咪咪笑著，完全無意做生意。

我看到一本戰前世界文學全集擠在其中，但我沒看過那個封面。另外有一本名叫《貓橋》的書，一百圓。

木製的小學一年級生用的木椅也一百圓。我把這兩件二手商品都帶回家了。還有一個沒有蓋子的銅壺，不知道是茶壺還是燒水壺。「這個多少錢？」我問，他抿嘴笑了笑：「送妳。」

《貓橋》很無趣。椅子光擺著就很可愛。銅水壺中插上野花，感覺別有風情。

笑笑堂一走進我家，就立刻倒在沙發上，但搞不好在倒下之前有先坐了三十秒。他穿了一件用紅色、綠色和灰色編織出精巧條紋圖案的小毛衣，裡頭的襯衫都露了出來，袖子也變成了六分袖，但穿在他身上很好看。我稱讚了他的毛衣，他喘著氣，用奄奄一息的聲音說：「是那個大媽織的。」然後閉上了眼睛。他的皮膚慘白，閉上眼睛，看起來真的很像殭屍。他之前也很蒼白，我兒子阿有曾經問他：「大叔，你是不是哪裡不舒服？」他抿嘴發出笑聲回答說：「沒有不舒服，完全沒問題。」所以我也就放心了。笑笑堂似乎很喜歡「那個大媽」，也就是他的母親。剛認識他時，他整天都在聊母親的事。大媽好像很喜歡撿東西回家，大媽的老公是知名醫科大學的校長，大媽的兒子也都是醫生，只有笑笑堂開了二手店。當家裡堆滿撿來的東西時，大媽就蓋了組合屋的倉庫，再繼續撿，再建倉庫。

笑笑堂曾經回家時，發現自己房間的位置變了，好像是大媽請來木工做的。

有一次，大媽撿回一個新馬桶，便在走廊中間建了一間廁所，廁所左右兩側都有門，如果不同時抓住兩側的門把，就無法安心上廁所，因為家人和寄宿的人都會經過走廊。「其實家裡本來就有廁所了。」笑笑堂繼續說道。大媽的父母去世時，她和妹妹繼承了房子。房子就蓋在土地的正中央，她妹妹理所當然地認為要把房子拆掉後各自重建，沒想到大媽找來木工用鋸子把房子鋸成了兩半。

幾年前，我曾經親眼見過大媽。那一次，北輕井澤在村莊內的小型禮堂辦了一場音樂會。禮堂前方放了椅子讓小朋友坐，大人都直接坐在地上。這時，一個老當益壯、精神抖擻、但已經上了年紀的老太太走向椅子，坐了下來。負責音樂會的小姐對老太太說：「這是給小朋友坐的椅子。」沒想到老太太大聲叫了起來：「我就是小朋友！」從頭到尾都坐在椅子上不動。我不由地感嘆：「人生在世，還可以看到這種事，真是太美好了。」覺得自己又賺到了。

聽說大媽又請了木工到家裡製作她專用的床。她在家中牆壁上做了一個像棺材般的細長形木箱，每天都躺在裡面。大媽身體漸漸虛弱，躺在床上睡覺的時間變多了，但腦筋很清楚。「她會從細長形木箱裡發號施令。」笑笑堂很愛這位與眾不同的大媽，搞不好他有戀母情節。

笑笑堂可能把活力都留在大媽的肚子裡了。

他像殭屍一樣躺在沙發上，他的腿很長，懸在沙發的扶手上晃來晃去。他今天上氣不接下氣、喋喋不休地說著「有性慾卻沒有精力」的話題。

笑笑堂來了之後，就湊齊了打麻將的人數。雖然他奄奄一息，但還可以陪大家打麻將。妙語如珠的竹右衛門是自由業，隨時都有空；隔壁的賓士大嬸也來了。

賓士大嬸說隔天要打高爾夫球，所以先走一步。騎腳踏車來的竹右衛門在半夜兩、三點也回家了，只有笑笑堂打完牌後住在我家。他搖搖晃晃地走到二樓的臥室，像死人般倒頭就睡，一直睡到隔日下午。笑笑堂每次來我家，似乎就已經耗盡了回家的力氣，所以隔日才會離開。

雖然我沒去過，但笑笑堂在國立還是國分寺那裡有間店面。

他告訴我：「我在店裡放滿東西，讓客人不容易走進來。當客人說要買某樣東西時，我就會瞪著客人問：『要什麼？』所以客人都討厭我。」

上次他來家裡時對我說：「佐野女士，妳差不多還有一年就要死了，不會害怕嗎？」雖然很不願意被活屍問到這種問題，但我還是回答他：「完全不會，有生必有死，這種事不是早就知道了嗎？」「妳為什麼可以這麼鎮定、這麼有精神？不害怕嗎？」「我不是說了不會害怕嗎？很開心啊。你聽我說，死了之後，就不用再花錢，也不用再賺錢了，不必再為錢的事操心，就衝著這一點，不是很幸運嗎？」「妳不害怕嗎？」「我都說了不害怕啊。而且，癌症很棒啊，該死的時候就會死，有很多疾病比癌症更痛苦，像風濕之類的會不斷惡化，一直很痛，卻又治不好；也有人到死之前都要洗腎，或是腦中風一直躺在床上，連話也沒辦法說。還有人身體好好的，卻失智了。為什麼大家只會說癌症病人是『壯烈地對抗病魔』？不需要對抗啊，我討厭那種凡事都很拚命的人。」

庫伯爾．羅斯（Elisabeth Kübler-Ross）在《論死亡與臨終》（On Death and Dying）一書中分析了人在面對死亡時從憤怒、討價還價到接受的五個階段，但完全無法套用在我身上。如今每兩個人中就有一人罹患癌症，所以只覺得「喔，我得癌症了」而已。我的乳癌是一位耳鼻喉科的女醫生發現的。聽說乳癌摸起來是像黃豆般大小的硬塊，而我的左側胸部有一個硬塊，摸起來像鹹年糕湯裡的年糕，請耳鼻喉科醫生檢查之後，她叫我「馬上去醫院」。於是，我去了離家六十七步的醫院，果然是乳癌，就動手術割掉了。

手術的隔天，我就走了六十七步回家抽菸，之後每天都回家抽菸。

一個星期後就出院回家了。到了我這個年紀，根本不需要乳房了，所以暗自慶幸自己得的是乳癌。因為抗癌劑的關係，頭髮都掉光了，那一年過得很痛苦，簡直和死人差不多，根本不覺得自己活著，所以乾脆躺在床上看韓劇，結果看到下巴都脫臼了。

得骨癌時，我根本沒想到是癌症轉移。在跨過護欄時，只聽到卡嚓一聲，去骨科照了X光，幫我做乳癌切除手術的醫生臉色大變。

他介紹我去癌症研究中心，癌症研究中心又介紹我到目前這家醫院。

我很幸運，我的主治醫生很英俊，有點像矮了一截的阿部寬，而且他不像其他醫生那樣趾高氣揚，總是笑臉盈盈。我很期待每週的複診。七十歲的老太婆也喜歡好男人，不行嗎？

初診時，我問醫生：「我還可以活幾年？」「如果進安寧病房，大概兩年左右。」「到死之前，要花多少錢？」「一千萬。」「我知道了，那我不要使用抗癌劑，也不要延長我的壽命，請盡可能讓我過正常的生活。」「我知道了。」（就這樣過了一年）

太幸運了。我是自由業，沒有年金，之前擔心萬一活到九十歲怎麼辦，所以一直有在努力存錢。

我在回家的路上，立刻走進附近的積架代理店，指著店內一輛英格蘭綠的車子說：「我要買這輛。」我是國粹主義者，以前絕對不會開進口車。

當積架車送來時，我一坐上去，立刻覺得「啊，我這輩子都在找這樣的男人，可惜一直沒找到」。座椅在對我說：「我會好好保護妳。」而且，不會提供不必要的服務，卻可以令人自然湧現由衷的信賴。我這輩子最後開的車是積架，運氣太好了。

聽說有一位朋友心生嫉妒，在背後說：「佐野根本不適合開積架。」為什麼？因為我是貧窮農民的後代嗎？如果覺得心有不甘，自己也去買一輛啊，只要別活太久，絕對買得起。我的理想是在七十歲離開這個世界。這個世界真的有上帝，我在上帝面前一定是個乖孩子。

買了一個星期，積架車就撞凹了。把車開進車庫對我來說是一大難題，我家的車庫又很小。那輛積架車已經坑坑疤疤了，而且烏鴉每天都會在引擎蓋上大便。

如今，我已經盡了所有的義務和責任，孩子已經養育成人，母親也在兩年前死了。我並沒有非常熱愛工作到覺得還有很想做的工作沒做而還不想死。得知自己還有兩年可活之後，折磨了我十幾年的憂鬱症也幾乎好了。真是太神奇了。人生突然充實起來，每天都快樂得不得了。我覺得，得知自己死期的同時，也獲得了自由。

我感謝父親。

父親很喜歡訓示，每到晚餐時間，他必定會訓示。其中有一句是：「即使能夠治療心靈扭曲的醫生就在身旁，人們也不會去求助。但為了治好小拇指，卻願意長途跋涉也不覺得遙遠。」那時候我想，如果自己的心靈扭曲，應該就不會發現別人心靈扭曲。還有一句話是：「有人即使只看了一本書，也被稱為真正的閱讀家。」

有一天，我終於邂逅了那本書。

那是林語堂寫的《生活的藝術》。

二〇〇八年　冬天

我搞不好是中國人。看了這本書之後很興奮，覺得以前的書都白看了，以前的日子也白活了。我很慶幸在死前邂逅了這本書。

還有一句：「不要吝惜金錢和生命。」這句話，父親對我們這些什麼都不懂的小孩說了大約有一百次。

所以，父親在五十歲離開人世時，仍然很貧窮。

我不相信生命比地球更寶貴這種事。

伊拉克的小孩，和花幾億元做器官移植的生命並不相同。

我絲毫不吝惜自己的生命。

哥哥在十一歲時、弟弟在四歲時，和伊拉克的孩子一樣死去了。

母親失去兒女的哀傷，或許比地球更沉重。

笑笑堂有點難以啟齒地說：

「佐野女士，妳先去那裡幫我安頓好，找好一個可以像這樣讓我坐的地方。」

我不怕死，但絕對不希望自己喜歡的好朋友死。死亡的意義並非來自自己的死，而是他人的死。

因為我太有精神，而且心情也很好，別人總是對我說：「感覺妳可以活最久。」聽到這裡，動搖了我對死的自信，覺得「這樣太傷腦筋了」。人真是自以為了不起的動物。雖然回想自己的人生，曾經有過很多丟臉到不想活的失敗，但仍然覺得「我這一生很不錯」。難道只有我把所有事都往對自己有利的方向解釋嗎？

我拜託笑笑堂：「可不可以幫我找五個有蛸唐草圖案、差不多這麼大的盤子？」我希望在死之前，能用自己喜歡的東西。後來，我也買了很多漂亮的睡衣。

只要有想看的DVD，就直接買回家。

我現在最喜歡的男人是摩根．費里曼（Morgan Freeman）。我對兒子說：「摩根．費里曼都一直演好人。」兒子說：「他那種長相，如果演壞人，會真的很可怕。」言之有理。

導讀

酒井順子　知名散文作家

「我還可以活幾年？」

「如果進安寧病房，大概兩年左右。」

「到死之前，要花多少錢？」

「一千萬。」

「我知道了，那我不要使用抗癌劑，也不要延長我的壽命，請盡可能讓我過正常的生活。」

「我知道了。」

和醫生的這場對話後，立刻去了積架代理店說：

「我要買這輛。」

然後她就買了英格蘭綠車子。我愛死了這個段落。還有她坐上積架車的瞬間，覺得「啊，我這輩子都在找這樣的男人，可惜一直沒找到」，簡直太棒了。

佐野女士在這本書中，寫到自己健忘愈來愈嚴重，陷入了自我厭惡，然後又罹患了癌症，從頭到尾都在描寫自己的身心不適。說起來，是一本很消極的散文。讀者看了這本散文，心情是否會沉重？事實絕非如此，這本書中充滿了力量和痛快，就好像是撞出好幾個凹洞的積架車，把一切都拋在了腦後。

佐野女士在本書中提到，在看了《日本人的老後》這本書中那些積極進取的優秀人物故事後，感到極度沮喪。我以前也一樣，每次遇到優秀、善良的人，情緒就很低落，所以，對佐野女士納悶「為什麼我看到優秀的人會沮喪？」的想法，可以發自內心地產生共鳴，也感到鬆了一口氣。然後，當厭倦了沮喪，就去廁所解放尿意，一進廁所就一發不可收拾，尿了很久還沒尿完，產生「真想測量一下每次排尿的量到底有多少」想法的佐野女士，真的讓我無法不愛她。

如今，人的平均壽命愈來愈長，「無論到了幾歲，都要積極進取」、「要永遠保持對異性心動的感覺」的風潮愈來愈強烈，甚至覺得好像無論到了幾歲，都不可以沒有性愛，忘記自己是女人、忘記要性感好像是一項重罪。這儼然已經成為一種強迫觀念。

但是，佐野女士在書中寫道「絢爛歸於平淡的心態反而輕鬆，啊，我已經受夠了男人」。在世間「沒有性愛就不配當人」的風潮下，佐野女士的這句話宛如一劑強心針。之前我難以理解韓流大行其道的原因，看了本書之後，有了深刻的瞭解，原來「韓劇用扭曲的方式觸動了虛構的絢麗燦爛」，這是我第一次看到這麼淺顯易懂的說明。

我總覺得現在有人巧妙地隱藏「年老」這個現實，那些還沒有老的人用「積極」、「活力」、「交流」等清新的字眼掩飾年老這個現實，試圖遺忘自己終究也將老去的恐懼。

佐野女士就像大喊著「國王的耳朵是驢耳朵」的少年一樣，正視真相，而且訴諸文字。她在咖啡店內觀察著獨自吃早餐的老太太後，認為「我們生活在史無前例的長壽社會，沒有生存方式的範本可供參考，必須在黑暗中摸索，首先要開發吃早餐的方法」。

然後，在除夕那一天，覺得「一把年紀的老太婆租了五、六卷錄影帶，別人一定會覺得我很可憐，在別人眼中顯得很淒涼」。

所以，「為了虛榮，為了面子，我決定不踏進錄影帶店」。從「進貢了好幾百萬給牙醫師」這件事，體會到「長壽很花錢，想要提升生活品質也很花錢」。

「長壽很花錢」，這是很多人的共同想法，但是，除了佐野女士以外，恐怕沒有人能夠用如此他人能接受的方式道出這個事實。

除了「長壽很花錢」以外，還有「個性是一種病」、「我想和自己絕交」和「就讓男人可以自由決定自己小頭的歸宿嘛」。這些話完全不正面，也不積極。但正因為完全射中了真相的靶心，可以為讀者帶來暢快的感情。這些話和相田光男的箴言完全相反。真希望把「就讓男人可以自由決定自己小頭的歸宿嘛」寫在紙上，貼在廁所裡。

積極正面的人一定很怕回頭，因為不想面對羞恥的過去、個性的陰暗和不良，所以一味向前看。

相較之下，佐野女士具備了能夠正視過去的堅強，在正視生存的赤裸、醜惡和辛苦的同時，陷入沮喪、罹患癌症，以及因為看太多韓劇導致下巴脫臼，然後煮飯、吃飯，上廁所，洗澡後上床。

每次看佐野女士的書，我都覺得「原來生存是這麼一回事」。佐野女士的作品只提示了簡單的真相，讓我們知道，雖然人生很麻煩、很辛苦，但只要吃飽睡足，就可以繼續過日子。所以，無論如何要自己下廚，激發食慾。

什麼是真正對人生有益的書？不就是能夠發揮這種作用的書嗎？不是宣揚「不可以沒有性愛」或是「必須精神抖擻」之類的概念讓人焦慮，而是讓人想要下廚、吃飯。然後，透過這本書，讓我們瞭解「生存就是走向死亡」。

但是，我希望佐野女士可以活久一點。

「我不怕死，但絕對不希望自己喜歡的好朋友死。死亡的意義並非來自自己的死，而是他人的死。」

佐野女士的這句話也道出了我的心聲，因為我衷心期望可以看到更多佐野女士的作品，可以一直閱讀她的作品。

〈補記〉

在寫完這篇文章後不久，二〇一〇年十一月五日，佐野洋子女士離開了人世。佐野女士帶著她的消極，瀟灑地離開。雖然難過，卻似乎感受到她留下了清爽的風。衷心為佐野女士的冥福祈禱。

一起來　光　002

無用的日子

作者　佐野洋子　Sano Yoko
譯者　王蘊潔
美術設計　何佳興
責任編輯　賴郁婷
行銷企畫　艾青荷
總編輯　林明月
社長　郭重興
發行人兼出版總監　曾大福

編輯出版　一起來出版
E-mail　cometogetherpress@gmail.com

發行　遠足文化事業股份有限公司
www.bookrep.com.tw
23141 新北市新店區民權路 108-2 號 9 樓
客服專線　0800-22102　傳真　02-86671065
郵撥帳號　19504465　戶名　遠足文化事業股份有限公司

法律顧問　華洋法律事務所　蘇文生律師

初版一刷　2013 年 12 月
初版九刷　2015 年 6 月
定價　280 元

國家圖書館出版品預行編目(CIP)資料
無用的日子 / 佐野洋子著；王蘊潔譯；-- 初版 -
新北市：一起來出版：遠足文化發行，2013.12
面；14.8*21 公分 . -- (一起來 光；2)
譯自：役にたたない日々
ISBN 978-986-89794-4-4(平裝)
861.67　　102023117